Une curieuse sensation s'empara d'elle

"Quel âge avez-vous, Selina?"

"J'aurai dix-huit ans dans un mois."

"Grands dieux, vous êtes mineure! Vous paraissez plus âgée. Suffisamment, en tout cas, pour..."

"Pour quoi?" intervint-elle, soudain à court de souffle.

"Pour prendre vos responsabilités. Hier, nous prenions en charge une jeune femme en difficulté. Aujourd'hui, je découvre que nous protégeons la fuite d'une mineure! Vous auriez dû me le dire plus tôt!"

"Vous ne m'avez rien demandé!" Affolée, elle devint agressive. "Vous saviez tout sur moi. Vous avez fouillé dans mon sac! Vous avez découvert mon nom dans mon passeport, non?" Elle avait la gorge nouée. Si Luke la laissait tomber maintenant, c'était sûr, elle mourrait!

AU PIED DE L'HIMALAYA

Rose Elver

PARIS · MONTRÉAL · NEW YORK · TORONTO

Publié en janvier 1983

© 1982 Harlequin S.A. Traduit de *Tiger Sky*,
© 1978 Rose Elver. Tous droits réservés. Sauf pour des
citations dans une critique, il est interdit de reproduire ou
d'utiliser cet ouvrage sous quelque forme que ce soit, par des
moyens mécaniques, électroniques ou autres, connus
présentement ou qui seraient inventés à l'avenir, y compris la
xérographie, la photocopie et l'enregistrement, de même que
les systèmes d'informatique, sans la permission écrite de
l'éditeur, Editions Harlequin, 225 Duncan Mill Road, Don Mills,
Ontario, Canada M3B 3K9.

ISBN 0-373-49305-3

Dépôt légal 1er trimestre 1983
Bibliothèque nationale du Québec et Bibliothèque nationale
du Canada.

Imprimé au Canada—Printed in Canada

1

Selina Roxley reprit peu à peu connaissance. Elle avait chaud… si chaud… Tout son corps lui semblait douloureux.

Elle gémit. Un soleil de plomb s'abattait sur elle. La lumière éblouissante lui brûlait les paupières et la peau. Son bras droit gisait mollement sur une tache d'herbe drue. Son bras gauche s'était coincé sous son dos en une position inconfortable. D'un mouvement lent, elle souleva son membre libre afin de se protéger les yeux.

Elle se trouvait dans une petite clairière entourée d'une mer d'herbes oscillant au rythme de la brise. Elle avait dû trébucher sur une souche et s'effondrer. Sans doute avait-elle tenté un dernier effort pour se relever avant de s'évanouir. Au-delà du bosquet, elle entrevoyait une chaîne de montagnes. Les pics agressifs se dessinaient contre le ciel brumeux. Elle aperçut un petit point noir à l'horizon. Il grossit petit à petit, puis s'éloigna… Un vautour, glissant l'aile sous le vent… Selina le suivit du regard et s'attarda sur la jungle impénétrable.

Elle retint un cri de douleur. Le poids de son bras sur son front lui paraissait insupportable. Elle le déplaça légèrement et, ce faisant, localisa le point fort de sa souffrance... une bosse.

Où était-elle ? Depuis combien de temps était-elle ainsi allongée dans la brousse ? Au prix d'un effort surhumain, elle essaya de se remémorer les événements. Que s'était-il passé ? Comment était-elle arrivée ici ?

Il lui fallut plusieurs minutes pour reprendre ses esprits. Plusieurs longues minutes... Des gouttes de transpiration perlaient à ses lèvres. Elle avait la nausée. Le bourdonnement des mouches se confondait avec celui de sa tête.

Selina se trouvait quelque part dans l'immense réserve naturelle de Corbett, au pied de l'Himalaya... Elle était perdue, en plein milieu de la brousse.

La jeune fille avait cru ne jamais pouvoir échapper aux griffes de sa belle-mère, Delia, et du frère de celle-ci. Delia avait fermement décidé d'accorder la main de sa belle-fille à Henri... Apparemment, Selina avait réussi, car elle était absolument seule.

Jusque-là, tout était clair... Le reste lui revint à la mémoire par bribes incohérentes.

Henri Spencer avait eu l'idée de fuir l'hiver froid et pluvieux de l'Angleterre en faisant un voyage à l'étranger. Il avait proposé à sa sœur Delia, une petite femme soignée, l'œil sans cesse aux aguets, de jouer le rôle de chaperon. Il avait soumis le projet d'une croisière en Méditerranée, d'une autre sur la mer des Caraïbes. En dépit des menaces de Delia, Selina avait refusé obstinément. Henri n'avait pas été décontenancé pour si peu : il avait alors suggéré une troisième solution, un voyage en Inde. Sottement, Selina s'était rendue. Delia, après un sourire entendu en direction de son frère, avait paru satisfaite.

Les préparatifs allaient bon train... Pendant ce

temps, Selina avait eu des doutes à plus d'une reprise. Mais, lassée de se battre sans espoir de vaincre, elle s'était résignée. Après tout, elle profiterait de ces vacances.

La jeune fille avait souvent eu l'occasion de regarder des documentaires sur les safaris en Afrique et s'imaginait volontiers dans cette situation... Elle verrait toutes sortes d'animaux. Le soir, autour d'un feu de camp, ils pourraient écouter les anecdotes amusantes ou extraordinaires de leur guide... En Inde, ce serait à peu près pareil, sauf pour le paysage. Elle s'était demandé un instant comment Delia supporterait de vivre dans un cadre aussi rustique. Cependant, elle avait très vite chassé cette pensée de son esprit. Elle, Selina, serait enchantée. D'ailleurs, sa liberté serait presque totale ! Ce serait cent fois mieux que de rester prisonnière à bord d'un paquebot luxueux.

Le début du voyage s'était passé selon les prévisions de la jeune fille. Malheureusement, par la suite, la situation s'était détériorée. Henri avait loué une limousine à Delhi et, pendant deux jours, Selina avait oublié toutes ses craintes pour se consacrer uniquement au plaisir de visiter cette ville. Les sites historiques, les immeubles modernes, les odeurs et les couleurs du grand bazar... Tout l'avait enchantée.

Ils avaient arpenté les larges avenues de New Delhi. Ils avaient admiré le palais du premier ministre et ses jardins, les bâtiments grandioses de l'administration, l'impressionnante colonnade circulaire du parlement... Ils s'étaient rendus à Lal Keela, une imposante forteresse aux murs rouges. Dans les pavillons en marbre, on avait autrefois recelé le légendaire trône du Paon des empereurs Moghol... Ils étaient partis à la découverte des échoppes longeant le marché de Chandni Chauk. Enfin, ils avaient fait une excursion au sud de la ville pour admirer le Kutb Minar, un monument remarquable, vieux de plus de sept cents ans.

Emerveillée, Selina n'avait plus caché son enthousiasme. Henri l'avait observée de loin, savourant en silence sa satisfaction. Le soir même, au cours du dîner, il lui avait promis de l'emmener voir les minarets du Taj Mahal, dès leur retour du safari.

Le lendemain matin, ils avaient repris la route, tous trois confortablement installés dans la limousine. Ils étaient suivis de près par une jeep remorquant une caravane. Henri avait tout prévu : bagages, nourriture et serviteurs... Il tenait à ce que ce voyage se fît dans les meilleures conditions possibles. Selina n'avait pas pu s'empêcher de sourire intérieurement : leur safari n'aurait plus rien d'un safari...

Cependant, elle ne s'était pas inquiétée outre mesure et s'était laissée absorber par la contemplation des paysages et des villages baignant dans un soleil éblouissant. Ses craintes s'étaient volatilisées. Ils avaient traversé les eaux grises du Gange, puis la ville industrielle de Poradabad, avant de bifurquer en direction de Ramnagar.

Quand ils avaient enfin pénétré dans la réserve naturelle, le monde civilisé avait peu à peu cédé la place aux forêts sombres et aux étendues d'herbe. En arrivant au bungalow, situé à une trentaine de kilomètres de Ramnagar, Selina avait éprouvé une étrange sensation d'isolement... Henri avait loué l'endroit pour eux tout seuls.

Selina ferma les yeux en portant son poing crispé à son menton. Quelle sotte ! Elle l'avait compris trop tard : ils l'avaient dupée, une fois de plus ! Elle était de nouveau la prisonnière de Delia et de son frère. Il lui serait impossible d'avoir le moindre contact avec le monde extérieur !

Pas une fois Henri n'avait proposé une excursion dans la brousse. D'une voix mourante, allongée sur un canapé, Delia avait déclaré qu'elle ne se sentait pas bien. Elle avait souligné ses paroles à coups d'éventail. Selina avait rétorqué qu'il vaudrait mieux rentrer tout de suite en Angleterre. Sur un ton tranchant, sa belle-mère l'avait réprimandée. Il n'en était pas question : ils avaient déjà suffisamment dépensé d'argent pour son bon plaisir... Selina pouvait au moins montrer sa reconnaissance en acceptant d'accompagner Henri lors de ses promenades journalières autour du bungalow.

Cependant, Selina n'avait aucune intention de céder. Elle supportait difficilement le regard sombre de cet homme. Quand il voulait la prendre par le bras, elle frémissait de dégoût : il avait les mains moites et molles. Pendant trois jours, elle était restée enfermée dans la maison. Selina avait cherché un moyen d'échapper aux pressions de sa belle-mère et de ce « fiancé » indésirable.

Elle avait enfin trouvé la solution à son problème. Sur la route de la réserve, elle avait remarqué une voie de chemin de fer, parallèle à la route de Ramnagar. Il lui suffirait donc de prendre la jeep pour aller en ville, de poursuivre jusqu'à Delhi en train, puis de prendre le premier avion pour l'Angleterre... Mais Henri la surveillait étroitement... Elle serait donc obligée de demander à un des serviteurs de l'aider, moyennant un peu d'argent.

Ce fut beaucoup plus facile qu'elle ne l'avait espéré tout d'abord. Le froissement de quelques billets avait réussi à convaincre un des domestiques de pousser la voiture le long de l'allée aux petites heures du matin. Elle avait jeté quelques vêtements, son passeport et son argent dans une petite valise. A l'aube, elle était sortie de la villa sur la pointe des pieds.

Son complice l'attendait comme prévu. A l'aide de grands gestes de la main, il lui avait expliqué comment rejoindre la route goudronnée. Puis, ayant empoché l'enveloppe tendue par la jeune fille, il s'était volatilisé dans l'ombre de la forêt. Elle n'avait pu réprimer un soupir de soulagement : la clé de contact était sur le tableau de bord. Un instant plus tard, elle avait démarré en trombe.

Selina dégagea son bras gauche et remua les doigts. Elle avait eu un accident... Ce n'était guère étonnant. Elle avait eu si peur, dans cette jungle obscure. Elle avait appuyé de toutes ses forces sur l'accélérateur. Une terreur incontrôlable l'avait submergée.

Elle se souvenait maintenant comment elle avait bifurqué sur la route, à une allure vertigineuse. De temps en temps, elle avait jeté un regard inquiet dans le rétroviseur. Elle s'était attendue à tout moment à voir surgir derrière elle la voiture d'Henri. Le soleil s'était levé d'un seul coup. Elle se rappelait avoir pensé à cet instant qu'elle était presque libre. Encore quelques kilomètres... Elle avait de nouveau jeté un coup d'œil dans son rétroviseur... Et la catastrophe avait eu lieu.

Un troupeau de daims avait surgi devant elle. Elle avait freiné brusquement, braqué son volant à droite... et reçu un terrible coup sur la tête. Elle était restée un long moment immobile, pliée en deux sur son volant. Peu à peu, elle avait repris ses esprits... Fuir... Fuir... Il fallait fuir ! Se cacher ! Quelque part... N'importe où !

La tête entre les mains, elle s'était faufilée entre les roseaux et les buissons. Enfin, elle était arrivée dans cette clairière où poussait une herbe drue, déjà séchée par le soleil. Ses jambes s'étaient dérobées sous elle. Elle avait plongé vers l'avant.

10

Et à présent... Selina gémit. D'une main tremblante, elle s'essuya le front... Elle était perdue. Elle souffrait tant! Dieu seul savait où elle se trouvait! Elle essaya de se redresser. Tous ses membres semblaient lui obéir. A part ce mal de tête lancinant, quelques égratignures et une ou deux contusions, elle n'avait rien. Elle pouvait marcher. Il fallait retrouver la jeep...

Si elle la retrouvait, elle s'y installerait pour attendre. Quelqu'un finirait par venir la chercher. Henri était probablement parti à sa poursuite tout de suite après son petit déjeuner. Oui... Henri serait là, avec ses yeux plissés de reptile dangereux. Il l'accablerait de reproches, la traiterait de sotte et d'entêtée, avec sa voix glaciale et impersonnelle. Delia serait sans doute à ses côtés. Elle contiendrait sa colère jusqu'à leur arrivée au bungalow...

Selina se protégea les yeux d'un bras. Elle ravala sa salive. Sa gorge était sèche. Après son escapade manquée, ils redoubleraient d'attention et lui enlèveraient son passeport et son argent...

Elle jeta un coup d'œil à sa montre. Dieu merci, elle avait supporté le choc. Il était près de midi. Huit heures! Depuis huit heures, elle avait quitté la villa. Ils devaient être au courant de sa disparition depuis environ cinq heures. Encore une heure ou deux, et ils retrouveraient la jeep abandonnée.

Ils auraient dû être déjà là! Elle n'avait pas pu s'éloigner à ce point de la route, pas dans son état! Pourquoi ne l'avaient-ils pas encore rattrapée?

Perplexe, Selina plissa le front... Une vague d'espoir la saisit. La jeep était peut-être encore en état de fonctionner. Elle avait encore une chance de s'en sortir, si elle trouvait la force de parcourir les derniers kilomètres...

Elle tenta de s'asseoir. En vain. Les dents serrées,

combattant la nausée et la déception, elle se laissa choir sur le sol… Pourquoi n'étaient-ils pas venus à sa recherche ?… Et si personne ne se montrait ? Que ferait-elle, dans ce cas ? Dans ce coin perdu de la brousse, les animaux sauvages abondaient… les scorpions aussi, et surtout, les serpents. Ils la cernaient déjà, elle en avait la certitude ! Elle était terrifiée.

Selina tressaillit en entendant le bruissement de l'herbe sous la brise… Etait-ce réellement le vent ? Il fallait réfléchir… retrouver toute sa lucidité. C'était la seule façon pour elle de sortir de cette dramatique situation… Réfléchir…

Une brindille craqua. Affolée, Selina ferma les yeux. Puis, elle sentit l'haleine chaude dans son oreille, le museau humide sur sa joue. Elle hurla… Le chien aboya.

— Noirot !

Cet ordre fut lancé d'une voix grave… celle d'un homme, d'un être humain ! Immensément soulagée, Selina étouffa un sanglot, puis s'évanouit.

Elle se réveilla enfin. Quelques gouttes d'eau coulaient sur ses lèvres. Elle tira la langue pour ne pas en perdre une. Elle avait une compresse fraîche… délicieusement fraîche… sur le front. Elle ouvrit les yeux et observa le visage aux traits burinés, le regard gris et limpide…

— Comment vous sentez-vous, Miss Roxley ? s'enquit l'étranger.

— A votre avis ? rétorqua-t-elle… Vous en avez mis du temps !… C'est… C'est Henri qui vous a envoyé à ma recherche ?

Il haussa les sourcils. Selina tourna la tête. Elle vit un Indien d'âge moyen, agenouillé à ses côtés. A ses pieds, un bâtard noir et blanc la contemplait, une oreille dressée, l'autre repliée mollement sur son œil.

— Qui est ce Henri ? demanda l'homme. Etait-il avec vous dans la jeep ?

— Bien sûr que non !

Elle prit une longue inspiration.

— ... N... non. Je vous prenais pour un des gardiens de la réserve. Je pensais qu'il vous avait engagé pour me rechercher.

— Non. Je m'appelle Luke Van Meer. Et voici mon ami... euh... Narayan.

Cette hésitation intensifia les soupçons de la jeune fille.

— Alors comment savez-vous mon nom ?

— Nous étions sur la route. Nous avons aperçu votre jeep abandonnée. En fouillant, nous y avons trouvé votre valise et votre sac à main, votre passeport. Il a fallu à Noirot plusieurs minutes pour vous retrouver.

— Ah...

Elle ferma les yeux en poussant un profond soupir.

— Vous avez suffisamment parlé pour l'instant. Vous avez dû recevoir un vilain coup sur la tête. Nous allons essayer de vous ramener à la voiture. J'ai une trousse de secours.

Du bout des doigts, il effleura ses bras, ses jambes et son corps. En toute autre circonstance, elle se serait débattue, indignée. Cependant elle ne dit rien. Le geste de cet inconnu était parfaitement impersonnel.

Vous êtes médecin ? marmonna-t-elle.

— Si l'on veut.

Il s'assit sur ses talons.

— ... Apparemment, vous n'avez rien de cassé. Je vais vous porter sur mon épaule.

Elle acquiesça faiblement. Pour l'instant, elle n'avait plus la force de réagir. Plus tard, elle prendrait une décision.

Avec l'aide de Narayan, Luke Van Meer la fit relever, puis la hissa par-dessus son épaule. Ils se mirent en marche. Selina ne put réprimer un gémissement de douleur. Sa tête pendait mollement dans le dos de son sauveteur. Narayan vint la lui soutenir d'une main.

Ils passèrent devant la jeep, dont le pare-chocs s'était enfoncé dans un talus. Derrière, se trouvait un petit véhicule dont le toit croulait sous le poids de l'équipement de camping. Les deux hommes la firent s'allonger sur le bas-côté. Narayan roula une veste en guise d'oreiller, tandis que Luke Van Meer installait un abri sommaire à l'aide d'un vieux drap pour la protéger du soleil impitoyable. Puis il ouvrit sa trousse de secours et entreprit de nettoyer ses blessures.

Selina avait déchiré son jean en plusieurs endroits, quand elle s'était précipitée entre les ronces et les buissons. Elle se mordit les lèvres pour ne pas hurler de douleur. Ayant soigné chacune de ses égratignures, Luke Van Meer lui fit une piqûre antitétanique.

Selina lui en était reconnaissante, mais elle ne put dissimuler une certaine agressivité. Cet homme était peut-être un envoyé d'Henri. Elle n'était pas encore convaincue du contraire.

— Vous promenez-vous toujours avec ce matériel chirurgical ?

Une lueur de malice dansa dans les yeux gris.

— J'ai été scout dans ma jeunesse et cela m'a marqué… Nous emportons chaque fois les vaccins indispensables dans cette région du monde… contre la malaria et la dysenterie, les morsures de serpents.

Il se pencha sur elle pour soigner sa bosse sur le front. Elle avait reçu un terrible coup, juste au-dessus du sourcil. Elle eut un sourire grimaçant, mais rassurée par l'efficacité des gestes de cet inconnu, se

laissa faire. Il entoura sa tête d'un bandage imma-
culé. Elle baissa les paupières. Franchement, il n'y
avait pas de quoi rire! Alors pourquoi ce regard
amusé?

— J'ai le regret de vous l'annoncer, Miss Roxley,
mais je crois que vous allez avoir un œil au beurre
noir.

— Q... Quoi?

— Oui, oui, vous m'avez bien entendu.

Il referma sa trousse de secours.

— Que va dire votre ami... Comment s'appelle-
t-il, déjà? Ah oui! Votre ami Henri?

— Ainsi, vous êtes bien venu de sa part?

— Détendez-vous, voulez-vous? Je vous l'ai déjà
dit. Non. Mais il sera mis au courant tôt ou tard.

— J'espère que non!

Il haussa un sourcil éloquent.

— Vous aurez du mal à dissimuler toutes ces
contusions. Enfin, nous en reparlerons à tête reposée, quand vous vous sentirez un peu mieux.

Elle se détourna, la gorge nouée par les larmes.
Cette journée tournait à la catastrophe!

— Je... Je suis désolée, je n'avais pas l'intention
de me montrer aussi désagréable. Mais vous ne
pouvez pas comprendre...

— Qui comprend les femmes?... Allons, je vous
demande pardon, moi aussi... Attention, nous allons
vous aider à vous redresser.

Il posa un bras rassurant autour de ses épaules et la
hissa légèrement. Narayan se tenait devant eux, une
grande tasse dans les mains. Pendant que Luke Van
Meer la soignait, il avait préparé du thé. Selina
accepta les cachets que lui tendait Van Meer et les
avala après avoir marmonné un vague remerciement.
Le thé, très sucré, était délicieux. Elle se rendit
compte tout d'un coup qu'elle n'avait rien mangé

depuis la veille. Elle était affamée ! Cependant, elle n'osa pas exprimer à haute voix cette pensée. Elle se demanda qui étaient ces hommes. Où allaient-ils ?

Narayan lui offrit une seconde tasse de thé.

— Vous paraissez déjà mieux, Miss Roxley. Heureusement pour vous, il est encore tôt dans la saison. Si vous aviez eu cet accident quelques semaines plus tard, vous auriez souffert d'une insolation.

— Oui, admit-elle d'une voix presque inaudible.

Ils la laissèrent se reposer un moment. Pendant ce temps, ils allaient vérifier l'état de sa jeep... Elle entendit le chien s'approcher à petits pas. Il lui tendit la patte. Selina contempla ses grands yeux bruns mélancoliques en effleurant son museau du bout des doigts.

— D'accord, Noirot, chuchota-t-elle. C'est toi qui m'as retrouvée. Je te pardonne donc de m'avoir fait si peur. Mais comment vais-je sortir de cette situation ?

Pour toute réponse, le chien gémit. Selina étouffa un sanglot de désespoir. Non loin de là, ses sauveteurs discutaient à voix basse. Ils parlaient d'elle. Elle s'assoupit, épuisée.

Elle avait encore mal à la tête quand elle se réveilla, mais elle se sentait beaucoup mieux. A son grand étonnement, elle vit que les deux hommes avaient réussi à remettre la jeep sur la route. Apparemment, elle était intacte ! C'était déjà en soi un encouragement... Elle les observa de loin. Luke Van Meer était immense, désinvolte. Il semblait très détendu, avec ses cheveux mal coiffés et ses vêtements trop larges. Il était tout le contraire de son ami indien, aux allures sobres et au profil aquilin.

Selina avait repris ses esprits. Elle devait maintenant trouver une solution à son problème. La voiture pouvait encore lui servir. S'ils n'étaient pas envoyés par Henri, elle pourrait leur expliquer où elle allait. Ils lui indiqueraient le chemin à suivre pour arriver à Ramnagar. Elle leur demanderait quelques vivres et partirait. Avec un peu de chance, elle atteindrait son but en fin d'après-midi.

Selina s'assit. Elle avait quelques courbatures... Rien de grave.

— Monsieur Van Meer !

Les deux inconnus se tournèrent aussitôt vers elle.

— ... Pourrais-je avoir mon sac, s'il vous plaît ? Et un peu d'eau ? J'aimerais me rafraîchir.

Il vint aussitôt vers elle en souriant.

— Quand une jeune femme commence à songer à son apparence physique, c'est bon signe.

Il posa sa valise devant elle, puis se dirigea vers sa voiture pour y chercher un récipient d'eau.

— ... Vous pouvez vous installer derrière ce buisson. Vous y serez plus tranquille.

Il l'aida à se lever. Dans sa cachette, Selina sortit une glace de poche pour observer son visage. Elle était très pâle ; les cernes mauves agrandissaient ses yeux violets. Elle avait une drôle de tête, avec cet énorme pansement.

Les mains tremblantes, elle entreprit de se laver, puis appliqua une légère touche de maquillage... Du fond de teint pour dissimuler ses bleus, un soupçon de rouge à lèvres...

Selina cligna des yeux pour refouler ses larmes. Elle était très faible. Cet effort l'avait épuisée ! Mais ce n'était pas le moment de flancher... Ses jambes lui obéissaient à peine. Elle s'écroula sur ses genoux et, anxieuse de cacher son désarroi, feignit de ranger sa serviette dans son sac de voyage. Elle prit une longue inspiration.

— La jeep est en état de marche, j'espère. Je veux arriver à Ramnagar ce soir.

— Vraiment ? répliqua-t-il, ironique. Est-ce pour cette raison que vous vous dirigiez dans la direction opposée ?

— J'... J'étais d... dans le mauvais sens ? Oh ! non, ce n'est pas possible... balbutia-t-elle.

— Mais si. D'après les traces de vos pneus, vous rouliez vers les collines, Miss Roxley.

— Mais...

Mais... Elle s'était effectivement trompée de chemin. Ce n'était guère étonnant, après tout. Dans son affolement, elle avait parfaitement pu bifurquer au mauvais moment. Cela expliquerait pourquoi Henri n'avait toujours pas paru ! Ils la cherchaient sans doute sur la route de Ramnagar...

Ils devaient y être encore... Henri s'arrangerait probablement pour reconstituer son itinéraire jusqu'à Delhi. Jamais elle n'y arriverait, maintenant !

Selina enfouit sa tête entre ses mains, vaincue, désespérée.

— Mon Dieu ! soupira-t-elle. Que vais-je faire ?

2

Les doigts glissés dans sa ceinture, Luke Van Meer contemplait la jeune fille accroupie. Il remarqua ses mains fines et délicates, les boucles brunes encadrant son petit visage. Songeur, il plissa les yeux, puis, apercevant Narayan, impassible, il haussa les épaules.

— Miss Roxley, je vous en prie, calmez-vous. Nous n'allons pas vous laisser ici toute seule.

Elle redressa les épaules. Quelle arrogance ! Elle releva la tête et le dévisagea, hautaine et méprisante.

— Vous m'avez déjà beaucoup aidée, et je vous en suis terriblement reconnaissante. Cependant, vous devez être pressés de reprendre la route. Je suis désolée de vous avoir retardés. Surtout ne vous inquiétez pas pour moi. J'ai la jeep, je vais me débrouiller.

— Ne dites pas de sottises ! Décidément, ce coup sur le front a dû déranger votre cerveau. Aviez-vous l'intention de rejoindre cet Henri à Ramnagar ? Ou bien étiez-vous en train de le fuir à la suite d'une querelle ?

Elle pinça les lèvres.

— ... De toute façon, vous avez agi stupidement. C'est de la folie de partir ainsi à l'aventure dans une jeep. Surtout quand on n'a aucun sens de l'orientation.

Un silence tendu suivit. Selina retrouva enfin l'usage de la parole.

— Monsieur Van Meer, si vous en avez terminé avec vos accusations, vous pouvez partir.

— Miss Roxley, vous n'avez pas le droit de nous renvoyer comme deux humbles serviteurs.

— Oh ! soupira-t-elle, exaspérée. Je ne voulais pas vous vexer. Cependant, quand vous serez partis, je pourrai peut-être réfléchir en toute lucidité.

Luke Van Meer s'accroupit devant elle.

— Ecoutez-moi. Si j'ai bien compris, vous vous êtes enfuie d'un bungalow de la réserve. C'est bien cela ? Quelles que soient les raisons de cette décision, il serait plus sage d'y retourner. Dites-nous où se trouve cette villa, nous vous y accompagnerons.

Affronter de nouveau Henri et Delia ? Elle préférerait mourir !

— Je ne sais plus, mentit-elle.

— Allons, Miss Roxley. Narayan et moi-même avons encore un long chemin à parcourir. Nous n'avons pas de temps à perdre.

— Je ne veux pas rentrer au bungalow. Mon seul désir est d'arriver à Delhi, d'où je prendrai le premier avion pour l'Angleterre.

— Malheureusement, intervint l'Indien, nous ne pourrons pas vous escorter jusqu'à Ramnagar. Vous n'êtes pas en état de vous y rendre toute seule. D'ailleurs, votre famille, vos amis doivent être terriblement inquiets à votre sujet.

Selina ne put réprimer un petit rire acide.

— Oh oui, ils sont sûrement affolés ! Mes... Mes soi-disant amis ! Mais pas pour les mêmes raisons ! Je serai plus en sécurité ici, dans la brousse !

Luke se leva d'un bond.

20

— Quel était le problème ?

— Le problème ? J'ai été assez naïve pour leur permettre de m'amener dans cette réserve.

— Cela ne m'étonne pas. Vous n'avez pas l'air d'une femme forte.

Elle rougit.

— Je suis plus solide que je n'en ai l'air.

Elle crispa les poings.

— ... J'y... J'y étais bien obligée !

Luke plissa le front.

— Que voulez-vous dire exactement ? Etiez-vous seule avec lui dans cette villa ?

— Non. Il y avait aussi Delia.

— Qui est-ce ?

— La... La femme de mon père.

— Votre belle-mère... Pourquoi votre père n'est-il pas avec vous ?

— Il est mort l'été dernier. Et Delia n'a jamais été une mère pour moi !

Un long silence suivit cette déclaration emphatique. Enfin, Luke prit la parole.

— Dois-je comprendre que cet Henri vous a molestée ? Votre belle-mère n'a rien fait pour l'en empêcher ?

— Cessez de m'interroger ! Je ne dirai plus rien. Mais je ne rentrerai pas.

Elle ferma les yeux en soupirant.

— ... Vous êtes comme les autres. Personne ne veut m'écouter, me comprendre.

— Dites-moi la vérité.

Elle leva la tête. Leurs regards se rencontrèrent. Enfin, n'y tenant plus, elle baissa les paupières.

— Vous pouvez vous débarrasser de votre air méprisant. Je sais à quoi vous pensez ! Vous vous dites que je suis une enfant gâtée, impossible ! Que je fais une montagne d'un tas de sable.

Elle était rouge de colère.

— ... Vous voulez savoir la vérité ? J'ai peur ! J'ai *peur !*

Surpris par tant de véhémence, Narayan se détourna. Luke tourna les talons, saisit son ami par le bras et l'entraîna à l'écart. Restée seule, Selina s'efforça de ravaler ses larmes.

Elle n'avait pas pleuré depuis la mort de son père. En dépit de son angoisse, elle ne succomberait pas à sa propre faiblesse maintenant. Sensible à sa détresse, le chien s'installa sur ses genoux. Elle contempla son poil blanc et noir, songeuse.

Tôt ou tard, elle serait obligée d'accepter les conditions imposées par Luke Van Meer. Elle attendit quelques minutes puis, résignée, se tourna vers lui. Il discutait toujours avec son compagnon. L'Indien jeta un coup d'œil dans sa direction, prononça quelques mots. Luke acquiesça d'un signe de tête avant de venir vers elle.

Selina se leva maladroitement. Cependant Luke posa une main sur son épaule, l'invitant à se rasseoir. Il s'accroupit en face d'elle.

— Vous avez raison, monsieur Van Meer, commença-t-elle. Je n'ai pas le droit de vous imposer ma présence. Si je vous ai paru déraisonnable, impertinente, je...

— Non, Miss Roxley, vous avez...

— ... C'est parce que j'étais encore sous l'effet du choc... Qu'alliez-vous me dire ?

— Il va falloir remédier à cette situation. J'ai été un peu brusque, je le regrette. Mais je devais savoir les motifs exacts de votre réaction apparemment irréfléchie.

Elle scruta son visage. Avait-elle bien entendu ? Selina ferma les yeux. Elle avait le vertige... Luke la rattrapa de justesse.

— Merci, chuchota-t-elle.

Il lui tendit une fiasque de cognac. Elle en but une gorgée, s'étrangla, toussa. Luke sourit.

— Encore un peu ?

— Non. Non, merci. Je n'ai rien mangé.

— Depuis quand ?

— Hier soir... D'ailleurs, j'ai à peine grignoté mon dîner tellement mon anxiété était grande. Je pensais uniquement à mon escapade. Ce matin, je suis partie à l'aube. J'étais inquiète de savoir si le domestique avait suffisamment besoin d'argent pour prendre le risque d'avancer la jeep. Il a dû la pousser jusqu'au bout de l'allée. Je ne voulais pas me trahir en démarrant sous les fenêtres du bungalow.

— Vous avez soudoyé un des serviteurs pour vous assister, Miss Roxley ? s'enquit Narayan.

Depuis combien de temps était-il derrière elle ? Selina ne l'avait pas entendu approcher.

Elle hocha la tête.

— C'était le seul moyen. Henri leur avait recommandé de me surveiller sans relâche. Mais il ne m'a pas indiqué le bon chemin. Ou alors, j'étais trop affolée pour comprendre... Je ne sais plus...

Luke reboucha le flacon de cognac.

— Ne perdons pas de temps.

Selina porta son regard de l'un à l'autre.

— Qu'allez-vous faire ?

— Vous écarter du danger, pour commencer. A mon avis ce monstre d'Henri a organisé une battue jusqu'à Ramnagar. Si les recherches s'avèrent vaines, il viendra par ici. Plus vite nous serons partis, mieux cela vaudra. D'ailleurs, nous sommes assez pressés, nous aussi.

Selina se sentait vaguement coupable de les avoir retardés à ce point.

— Je... Je suis désolée. Si vous avez perdu du

temps, c'est à cause de moi. Mais je suis heureuse que vous m'ayez trouvée. J'aurais pu rester ici toute seule, perdue... Ou rencontrer des gens moins... moins corrects.

— Comment pouvez-vous affirmer le contraire ?

— Je n'affirme rien, répliqua-t-elle. Je choisis de vous faire confiance. Il faut bien faire confiance à quelqu'un, vous ne croyez pas ?

— Vous êtes naïve, Miss Roxley. Vous l'avez avoué vous-même tout à l'heure.

Elle jeta un coup d'œil furtif dans sa direction, vaguement mal à l'aise. Cependant, le regard gris, pétillant d'intelligence et d'esprit, la rassura.

— Je n'ai que vous. Je préfère cela à la solitude dans la brousse. J'abuserai le plus longtemps possible de votre gentillesse.

— L'alcool vous monte à la tête... Allons-y ! Ce n'est plus le moment de discuter.

D'un bond il se leva et la saisit par le bras. Avec un sourire imperceptible, Narayan les précéda. Il ouvrit la portière avant de la voiture. Luke aida la jeune fille à s'installer confortablement.

Elle poussa un profond soupir. Il régnait une chaleur étouffante dans l'automobile. Elle renversa la tête en arrière et ferma les yeux.

Luke avait raison. Elle était un peu folle de se mettre ainsi entre les mains de deux inconnus. Ils avaient parlé un long moment avant de lui proposer de les suivre... Ils l'avaient sauvée, mais elle ne savait ni qui ils étaient, ni d'où ils venaient. Elle aurait dû leur poser quelques questions pertinentes avant...

Mais cela n'avait plus aucune importance. Elle craignait plus encore d'avoir à affronter Henri et Delia. D'ailleurs, cette petite voiture la rassurait, elle s'y sentait en sécurité. Elle ne pouvait s'en expliquer les raisons, mais c'était ainsi...

Luke Van Meer se glissa derrière le volant, puis jeta sur le siège arrière la veste de Narayan et le drap ayant servi d'abri. Selina se redressa.

— Et la jeep ?

Il jeta un coup d'œil dans le rétroviseur.

— Narayan s'en charge.

— Ma valise...

Il se tourna brusquement vers elle, l'air faussement sévère. Selina eut un petit rire nerveux.

— ... Je vous demande pardon. Je n'ai rien dit.

La jeep les dépassa lentement. Narayan conduisait, très droit. Le sac de la jeune fille était posé ostensiblement à côté de lui. Derrière, le chien veillait. Narayan leur adressa un signe de la main, appuya sur l'accélérateur et disparut dans un nuage de poussière.

— Nous allons attendre une ou deux minutes.

Luke fouilla parmi une série de cartes dans la boîte à gants et en sortit un tube contenant des tablettes de glucose.

— ... Sucez-en deux. Cela calmera votre faim jusqu'à notre arrivée.

— Quand atteindrons-nous notre but ?

— Dans deux heures, environ.

Il démarra. Selina frissonna. Elle éprouvait à la fois un immense espoir et de l'incertitude. Le paysage défilait maintenant à toute vitesse dans une multitude de taches vertes et dorées.

La première partie du trajet s'accomplit dans un silence amical. Selina suçait tranquillement ses pastilles et se détendait peu à peu. Elle laissa voguer son imagination. Qui était cet homme à côté d'elle ? Que faisait-il dans la vie ? Etait-il ici en vacances ?

— Comment cet accident a-t-il eu lieu ?

— Pardon ?

Elle revint brusquement à la réalité.

— ... Ah... Je conduisais à toute vitesse, parce que j'avais peur. Je n'arrêtais pas de regarder dans le rétroviseur. Je craignais à tout instant de voir surgir la voiture d'Henri. Un troupeau de daims a bondi sur la route. J'ai braqué à droite et je suis arrivée dans le talus... Je ne pense pas avoir blessé l'une des bêtes. Du moins, je l'espère...

— Je ne le crois pas. Nous n'avons pas rencontré de victimes sur notre chemin.

— Ne vous moquez pas de moi ! Je serais horrifiée d'avoir atteint un de ces animaux.

— N'ayez pas de remords. Ce devait être un troupeau de *chital*. C'est ainsi qu'on les nomme dans cette région. Ils sont magnifiques, avec leur long cou et leur pelure mouchetée de blanc. En général, ils vont se nourrir et boire juste avant le lever du soleil... Pourquoi vous êtes-vous aventurée si loin ?

Elle haussa les épaules.

— De la jeep ? Je n'en sais rien. J'étais encore sous le choc. De plus, j'éprouvais le besoin impérieux de me cacher. N'importe où... Le choc sur le front m'avait sans doute perturbée. Quand je pense à ce qui aurait pu m'arriver si vous ne vous étiez pas arrêté...

— Oubliez cela.

Selina se réfugia dans le silence.

Luke Van Meer paraissait plus jeune qu'Henri. Quel âge pouvait-il avoir... Trente ans ? Du coin de l'œil, elle l'examina... Elle étouffa un bâillement. Quelle heure était-il ? Luke portait une montre digitale... Un beau gadget... Elle ferma les yeux... Tout ceci était si étrange... Luke Van Meer. Etait-il d'origine hollandaise ? Il parlait parfaitement l'anglais, mais s'exprimait par moments avec un léger accent... nord-américain.

Sur ces pensées incohérentes, elle s'assoupit.

26

Elle se réveilla au son d'un aboiement et des cris de corbeaux. Elle souleva ses paupières encore lourdes de sommeil et aperçut les oiseaux non loin de là. Noirot s'amusait à leur courir après...

Elle sourit. Il faisait un peu plus frais, à présent. Les feuilles des arbres bruissaient sous la brise caressante. Elle entendit le murmure joyeux d'un ruisseau, et sentit l'odeur âcre du feu de bois.

Elle était allongée sur un lit de camp. Elle se hissa sur un coude. La voiture et la jeep étaient garées au pied d'une falaise escarpée. Deux tentes avaient été dressées... Un site idéal, tel qu'elle l'avait toujours imaginé... Etait-ce un rêve ?... Non... Narayan surgit. Il revenait de la rivière avec plusieurs récipients d'eau.

— Ah, Miss Roxley ! Vous êtes de nouveau parmi nous !

Il sourit gentiment.

— .. Cette petite sieste vous aura fait le plus grand bien.

Elle ne put s'empêcher de rire.

— C'est affreux ! Je ne me suis rendu compte de rien.

— Oui. Vous dormiez profondément, quand nous sommes arrivés.

Il posa ses bouteilles, alluma le réchaud à gaz et plaça sur le feu une bouilloire.

— ... Vous n'avez même pas bougé au moment où Luke vous a transportée de la voiture à ce lit. Vous vous sentez mieux, j'espère. Avez-vous faim ?

— Je vais beaucoup mieux, merci. Et, oui, je suis affamée ! Avez-vous attrapé quelque chose ?

— Pas moi. M. Van Meer est le grand pêcheur. Il a pris ce *mahseer*, un spécimen splendide. Tous les poissons semblent se battre pour mordre à son hameçon.

— Ils n'oseraient pas refuser.

— C'est vrai. Luke obtient toujours satisfaction quand il a une idée en tête.

— Le connaissez-vous depuis longtemps? s'enquit-elle, faussement désinvolte.

— Plusieurs années.

— Il semble bien connaître les bêtes... Est-il naturaliste?

— Amateur.

Narayan s'activa autour de son fourneau. Visiblement, il ne tenait pas à s'étendre sur la question.

Selina était vaguement déçue, mais elle n'osa pas poursuivre son interrogatoire. Après tout, cela n'avait aucune importance. Elle ne voyagerait pas longtemps avec eux. Pourtant, elle était curieuse d'en savoir plus sur les origines de Luke... et sur celles de Narayan, bien sûr...

Assise sur le bord de son lit étroit, elle contempla d'un air désespéré ses vêtements défraîchis et ses mains noires de saleté. Elle avait beaucoup transpiré. Comme elle avait envie de se laver, de se changer...

Où était passé Luke? A cet instant précis, il surgit au bas de la colline. Cheveux trempés, une serviette nonchalamment drapée sur son épaule, il se dirigeait vers le campement d'un pas assuré.

Il s'arrêta devant elle. Selina renversa la tête en arrière et soutint son regard gris et limpide. Elle prit enfin conscience de son propre aspect et détourna les yeux, honteuse, en ravalant sa salive.

— Je suis désolée de ne pas m'être réveillée pour vous aider à vous installer.

Elle n'avait rien trouvé d'autre pour engager la conversation. Cependant, après une légère hésitation, elle ajouta :

28

— Puis-je me baigner, moi aussi?

— Non. Votre sieste vous a fait le plus grand bien, mais vous êtes encore trop faible. Il vaudrait mieux ne pas commettre d'imprudences ce soir.

Il avait parlé d'un ton sec. Irritée, elle poussa le menton en avant.

— Je voudrais me rafraîchir, me changer et...

— Naturellement. Nous avons découvert un petit coin à l'écart pour la *memsahib*. Vous y serez tranquille. Si la *memsahib* veut bien me suivre...

Il exécuta un salut moqueur. Selina rougit violemment. Du coin de l'œil, elle avait remarqué le sourire imperceptible de Narayan, qui s'activait inutilement autour du feu.

— Comme vous voudrez, répondit-elle sur un ton glacial.

— Ah! Voilà une jeune fille bien obéissante.

Luke Van Meer renversa la tête en arrière en riant.

Il sortit d'un de ses sacs une chemise froissée et une paire de sandales indiennes, des *chuppll*. Il s'habilla rapidement. Puis, ayant saisi une minuscule bassine, un gobelet et la bouilloire remplie d'eau chaude, il disparut derrière un mur de rochers. Narayan apporta la valise de Selina. Paupières baissées, elle le remercia. Elle choisit un jean propre et un kaftan bariolé qu'elle s'était offerts à Delhi. Enfin, munie de sa serviette de bain et de sa trousse de toilette, elle attendit le retour de Luke.

A son plus grand désarroi, elle dut accepter d'être soutenue par un bras. Il la conduisit vers le petit coin isolé qu'il lui avait trouvé.

— Si vous avez besoin d'aide, si vous avez peur, criez. Je vous attends de l'autre côté de ce rocher.

Du bout du doigt, il l'obligea à lever le menton.

— ... Et je vous interdis formellement de descendre à la rivière.

Il ne put réprimer un sourire devant l'air pincé de Selina.

— ... J'y ai aperçu un python tout à l'heure. Il vous briserait en mille morceaux.

Elle arrondit les yeux d'horreur, tressaillit, et le repoussa d'un geste brutal. Elle étala ses vêtements propres sur une pierre. Luke Van Meer disparut aussitôt.

La bassine était pleine d'eau, la bouilloire à portée de main. Luke avait peut-être inventé cette histoire de python... Tant pis ! Elle n'allait pas prendre le risque de découvrir la vérité maintenant.

Elle fit sa toilette rapidement et, enfin prête, poussa un soupir de satisfaction. Elle se sentait rafraîchie et détendue.

— Luke ?

Elle s'aperçut tout d'un coup qu'elle avait spontanément laissé tomber le cérémonieux « Monsieur Van Meer. »

— ... J'aimerais nettoyer ce tee-shirt.

Il apparut aussitôt.

— Ne bougez pas. Je vais enlever votre pansement.

Elle demeura parfaitement immobile, tandis qu'il examinait son œil.

— ... Je vais vous remettre un peu de pommade. Ce sera suffisant... Asseyez-vous sur ce rocher. Vous pourrez vous recoiffer ; pendant ce temps, je m'occupe de cela.

Elle obéit. Elle ne se sentait pas du tout mal à l'aise... Lentement, elle démêla ses boucles brunes. Luke était descendu jusqu'au bord de la rivière pour laver sa chemise. Il revint peu après et l'étala sur le rocher.

— Ce sera sec demain matin... Vous ressemblez à une sirène, comme ça.

30

Il s'assit sur ses talons et entreprit d'enrouler les lanières de ses fines sandales autour des chevilles de la jeune fille. Puis il l'aida à descendre de son perchoir, rassembla les divers récipients et la ramena devant le feu de camp.

Selina partagea son repas avec ses deux compagnons. Le chien s'était installé à ses côtés. Ils mangèrent du poisson grillé et des oranges. Ils burent du thé très fort et bien sucré. Les flammes dansaient joyeusement, éclairant le site d'une lueur vacillante. Ils savourèrent le silence paisible de ce monde clos, en pleine jungle. Les deux hommes discutèrent longuement, mais Selina ne put comprendre quels étaient leurs projets. Narayan mâchait un étonnant mélange de feuilles exotiques. Luke alluma une cigarette. Ayant avalé docilement un cachet contre le paludisme et la malaria, la jeune fille s'adossa contre un arbre.

— Que dois-je faire demain? s'enquit-elle, à contrecœur... Comment arriverai-je à Delhi?

Luke expira un nuage de fumée.

— Nous ne sommes pas loin de Kaladhungri. Narayan y connaît des gens en lesquels il a confiance. Ils se chargeront de vous emmener à Haldwani, puis à Bareilly. De là, vous pourrez prendre le train pour Delhi. Vous avez votre passeport, votre billet d'avion de retour et suffisamment d'argent pour rentrer.

— Comment le savez-vous? demanda-t-elle précipitamment, le regard soupçonneux.

Il eut un sourire ironique.

— J'ai fouillé votre sac à main, Miss Roxley. Vous vous en souvenez?

— Ah... oui, bien sûr.

Un long frisson la parcourut.

— Ne vous inquiétez pas. Nous organiserons tout, renchérit Narayan.

Justement... Selina n'en avait aucune envie ! Son seul désir était de savoir où ils allaient... Elle voulait les accompagner jusqu'au bout de leur expédition. Cette constatation la stupéfia... Elle s'efforça de n'y plus penser.

— Merci, marmonna-t-elle d'une voix presque inaudible.

Un peu plus tard dans la soirée, ils allumèrent les lampes-tempête et installèrent l'étroit lit de camp de Selina sous une des tentes.

— Surtout ne marchez pas pieds nus, lui recommanda Luke... Les serpents et les insectes abondent dans cette région. Et n'oubliez pas de secouer vos sandales avant de les remettre.

Il souleva le tulle et, du bout du doigt, effleura les contours du visage de la jeune fille. Elle réprima un frémissement de plaisir. Brusquement, il se redressa et entreprit de fixer la moustiquaire tout autour d'elle.

— Vous êtes en sécurité avec nous, Selina. Vous m'avez bien compris ?

Elle hocha la tête.

— ... Dormez bien. Vous aurez besoin de toutes vos forces pour ce long voyage de retour.

Le pan de toile s'abattit derrière lui. Selina demeura un long moment éveillée, les yeux grands ouverts dans le noir. Elle se laissait bercer par des bruits étranges... un bruissement dans la jungle, le chant des cigales, le coassement des crapauds dans les marais cachés, les appels répétitifs d'un oiseau de nuit... Et une voix, si grave, si calme...

Elle avait dû sombrer dans un profond sommeil pendant un certain temps et se réveilla en sursaut, affolée, en entendant un hurlement désespéré au loin, suivi d'aboiements. Elle se redressa vivement... La tente avait été ouverte. La lune brillait, très haut dans le ciel. Luke Van Meer dormait devant le feu de camp.

— Luke !

Il se tourna lentement vers elle.

— Ce n'est rien, Selina. Un chacal. Dormez.

Il était là. Elle n'avait rien à craindre. Selina était en sécurité, comme jamais auparavant. Avec Luke, elle se sentait bien.

Mais demain... Demain, elle serait de nouveau seule. Désespérément seule.

3

Selina s'étira paresseusement, puis enfouit sa tête sous sa couverture. Dehors, les singes babillaient, les oiseaux chantaient en chœur... Elle sentit l'étrange odeur de la toile de tente et émergea de son lit en clignant des yeux.

Les événements de la veille lui revinrent à la mémoire d'un seul coup... Ah, oui... Aujourd'hui, elle allait partir. Elle devait se lever tout de suite, et s'apprêter pour le départ.

Elle s'assit sur le bord du lit de camp et perçut le bourdonnement d'un rasoir électrique. Elle décida d'attendre quelques minutes. Mieux valait sortir quand les deux hommes se seraient éloignés. Enfin, elle repoussa la moustiquaire, secoua ses sandales avant de les mettre, et s'aventura dehors.

C'était une matinée éblouissante. Les gouttes de rosée scintillaient sur les toiles d'araignée, sur les fleurs, les buissons. Les premiers rayons du soleil striaient le ciel clair derrière la falaise. Selina voyait ce paysage avec un œil neuf. La jungle ne lui semblait plus aussi mystérieuse et effrayante. Elle prit une longue inspiration. Pourquoi était-elle aussi déprimée ? Elle n'avait pas le droit de se laisser abattre dans cet environnement de rêve. Elle allait rentrer chez elle, en Angleterre et serait libre ! Jamais Henri et sa sœur ne parviendraient à la retrouver.

Le feu était déjà allumé. Une vieille cafetière en émail était posée sur une pierre plate. Un nuage de fumée s'échappait de son bec... Un délicieux arôme de café fraîchement moulu imprégnait l'air. Selina ne vit ni Luke, ni Narayan. Dès son apparition, Noirot bondit de la jeep et se précipita vers elle. Il s'arrêta devant la jeune fille, s'étira longuement en frétillant de la queue, puis s'assit, l'oreille dressée...

— Très bien, Noirot. Tu peux m'accompagner si tu veux.

Elle saisit sa serviette de bain et sa trousse de toilette avant de se rendre dans le petit coin derrière les rochers. Ses vêtements étaient secs. Elle les plia. Son jean était tellement déchiré qu'elle serait sans doute obligée de le jeter... Elle ne trouva pas la bassine d'eau. Tant pis... Il faisait jour, à présent. Rien ne l'empêchait d'aller se baigner dans la rivière. Elle contourna les rochers pour prendre le chemin du cours d'eau, suivie de près par le chien, fou de joie.

La rivière s'écoulait dans une vallée bien protégée. L'eau, peu profonde, était très calme à l'endroit où se trouvait Selina. Cependant, un peu plus haut, elle entendit le bruit fracassant d'une cascade. Elle aperçut Narayan non loin de là. Détournant vivement la tête, elle décida de s'installer sur une partie plus sableuse de la berge.

Ici, elle pourrait se rafraîchir en toute tranquillité. Les buissons touffus l'abriteraient de tout regard indiscret. Elle était en train de plier ses vêtements, quand Noirot se mit à grogner. Il s'enfuit en courant. Un instant plus tard, Selina remarquait la tête plate du serpent...

Figée de terreur, elle vit ses yeux... énormes, menaçants... et son long corps, épais et sinueux, ondoyant paisiblement à la surface de l'eau... Le python ! Pourquoi n'avait-elle pas pris au sérieux les conseils de Luke ? Elle retint son souffle... Une envie de courir, de se cacher s'empara d'elle. Mais ses pieds refusaient obstinément de lui obéir. Elle poussa un hurlement déchirant.

— Luke !

Elle ferma les yeux et attendit.

Une vague réponse lui parvint de loin. Autour d'elle, les oiseaux affolés s'envolèrent avec un claquement d'ailes. Puis elle perçut un bruit de pas précipités. Les buissons furent repoussés, une grosse pierre fut lancée dans l'eau.

— Voilà, voilà...

Deux mains glissèrent sur ses épaules nues. Luke l'attira contre lui.

— ... Que faisiez-vous ici ?

— J... je v... voulais me b... baigner, balbutia-t-elle, terrifiée.

Un silence pesant suivit : le reptile émergeait de nouveau.

Un bref instant, Luke resserra son étreinte. Ses doigts s'enfonçaient cruellement dans la chair de la jeune fille. Puis il la repoussa brutalement, ramassa ses vêtements et les lui jeta dans les bras.

— Pour l'amour de Dieu, couvrez-vous !

Ses joues devinrent écarlates. Elle enfila précipitamment son jean et son kaftan.

— Je voulais simplement faire ma toilette et m'apprêter pour le départ, expliqua-t-elle d'une voix tremblante.

D'un geste machinal, elle défroissa le tissu de sa tunique.

— ... Narayan était tout là-haut. Vous n'étiez pas là. Comment pouvais-je savoir que... que ce monstre viendrait m'accueillir ici ?

— Décidément, vous êtes têtue ! Je vous avais pourtant prévenue hier soir, il me semble.

— Et alors... Je savais qu'il y avait un python aux alentours. Je ne m'attendais pas à le voir dans la rivière !

— Vous êtes d'autant plus sotte. Les pythons savent nager. Vous êtes complètement irresponsable !

Il ramassa sa serviette et sa trousse de toilette.

— ... Il est parti, maintenant. Il est allé se réfugier sur l'autre berge. Venez avec moi. Je vais vous trouver un meilleur endroit.

Tête baissée, honteuse, Selina lui emboîta le pas. Elle était humiliée. Une fois de plus, Luke Van Meer l'avait sauvée. Elle n'avait pas pris le temps de réfléchir ; tout lui avait paru si beau, si paisible... Il ne pourrait pas comprendre pourquoi elle avait tenu à contempler cet endroit, afin de l'imprimer à jamais dans sa mémoire. Cet épisode malheureux la rappelait à l'ordre : il ne faut jamais se fier aux apparences. Selina passait sa vie à se tromper par excès de confiance.

Luke s'arrêta à l'endroit où Narayan s'était baigné un peu plus tôt. Il posa les affaires de sa compagne sur une vaste pierre plate.

— Prendrez-vous des saucisses pour votre petit déjeuner ?

— Volontiers... Et merci d'être venu à temps. Je suis vraiment trop idiote. Cependant, je ne vous ennuierai plus longtemps.

— Je n'en suis pas si sûr.

Elle s'apprêtait à lui demander la signification de cette déclaration, quand Narayan se précipita vers eux. Il était en train de reboutonner sa veste et voulait savoir ce qui s'était passé. Luke le lui expliqua. Puis il se tourna vers la jeune fille pour l'inviter à le rejoindre sitôt après sa toilette. Il soignerait ses blessures. Les deux hommes s'en furent aussitôt.

Selina s'agenouilla au bord de la rivire. Noirot était resté pour lui tenir compagnie. Cette pensée la réconforta : il lui accordait toute son affection… Elle plongea dans l'eau glacée… Quel délice ! Cependant, elle crut apercevoir non loin de là une forme sombre glissant entre les rochers. Elle retint son souffle, paniquée, puis poussa un profond soupir de soulagement. C'était un simple poisson…

Cet incident avait suffi pour la distraire. Pourtant, elle repensa aux dernières paroles de Luke, laconiques… « Je n'en suis pas si sûr. »… Qu'avait-il voulu dire par là ?… Elle se brossa vigoureusement les dents… Avait-il décidé de l'emmener avec lui ? Une petite partie de la route, au moins… Il avait peut-être l'intention de la conduire jusqu'à son train… Ou avait-il simplement sous-entendu, avec son arrogance coutumière, qu'elle aurait encore plus d'une occasion de faire des sottises avant son départ ?

Elle se frictionna avec force et se sentit déjà mieux. Se penchant vers le chien, elle contempla ses grands yeux mélancoliques.

— Il était furieux, il m'en voulait certainement. Mais il est tout à fait possible qu'il ait décidé de m'accompagner… Qu'en penses-tu ?

Elle lui chatouilla l'oreille.

— … Tu vas me manquer, tu sais.

Un flot de larmes lui monta aux yeux. Elle se rhabilla précipitamment. Ce n'était pas le moment de pleurer.

Tous ses espoirs s'effondraient. Si Luke songeait à la protéger encore un certain temps, ce serait merveilleux. Malheureusement, ils seraient obligés de se quitter tôt ou tard. Ils partiraient chacun dans la

38

direction opposée. Bientôt... C'était inévitable. Selina s'en voulait de sa faiblesse. Après tout, Luke lui avait sauvé la vie. Ce n'était pas une raison suffisante pour créer un lien solide entre eux. Il avait assez d'autorité pour prendre la situation en main, mais quand il en aurait assez, il se débarrasserait d'elle sans attendre. De plus, il savait se montrer blessant et méprisant. Pourtant, l'idée de cette séparation démoralisait la jeune fille. Evidemment, elle était inquiète à l'idée de devoir se battre de nouveau toute seule. Mais il y avait autre chose, aussi... Elle ne le reverrait probablement jamais. Il ne donnerait pas de ses nouvelles...

Et alors...? Elle rassembla ses cheveux en une queue de cheval au bas de la nuque et enfila ses sandales. Devait-elle se maquiller ? Elle réfléchit un instant, puis, dépitée, y renonça. L'important maintenant était de connaître les projets de ses deux compagnons. Et surtout, de les accepter...

Rejetant les épaules en arrière, Selina rentra au camp. Elle s'arma de tout son courage... Luke était peut-être encore de mauvaise humeur... Debout devant le feu, il surveillait le pot à café et une poêle fumante. Narayan était en train de ranger une curieuse machine dans une housse de plastique. Selina se demanda à quoi pouvait servir cet équipement technique. Elle jeta un regard autour d'elle. Les tentes avaient été repliées. La petite voiture ployait de nouveau sous le poids des bagages. Le départ était imminent. Son cœur se serra. Elle fit un pas en avant et s'immobilisa. La voix dure et coupante de Luke la fit frémir.

— A mon avis, ce sera au-dessus de ses forces. Elle tombera malade, ou fera une bêtise. Nous ne pouvons pas nous permettre le moindre retard, si j'en juge par l'itinéraire décrit par Ben Sala.

— Luke, nous n'avons pas le choix, répondit Narayan, toujours placide. Nous serons obligés de fournir trop d'explications, si nous l'emmenons à Kaladhungi. Ils sont très organisés pour faire suivre les renseignements. Un seul mot de trop, et ces mois de travail seraient anéantis.

Figée sur place, Selina tendit l'oreille.

— Si j'avais pu prévoir tant de complications, je l'aurais déposée dans le premier bungalow. Son ami Henri est un semeur de troubles. Il a de l'argent à dépenser. Nous ne pourrons ni le soudoyer, ni le mettre hors circuit.

— C'est exact.

Narayan se frotta le menton, songeur.

— ... Nous n'avons pas le temps d'établir de nouveaux plans. Il va falloir faire pour le mieux. Nous pouvons lui louer une mule et, plus tard, quand les recherches seront abandonnées, nous l'enverrons à Ranikhet. Govind Singh est un homme de confiance. Il serait...

Selina se dissimula derrière un buisson, obéissant à un instinct irrésistible de se cacher. Elle ne comprenait rien à cette discussion. Noirot la rejoignit presque aussitôt. Elle le saisit par son collier. Il s'assit, obéissant... Elle avait raté quelques mots, mais put entendre l'essentiel de la réponse de Luke.

— ... très ennuyeux. Spencer n'en restera pas là. Je suis prêt à le parier. Sa photo doit être à la une de tous les journaux. Si jamais la nouvelle se répand qu'une jeune femme répondant à cette description a été aperçue avec nous, ce sera la catastrophe !

— Cela dépend *qui* est avec nous, Luke. La personne qui t'accompagne est ton épouse... Quelques changements suffiraient. De nouveaux vêtements, les cheveux plus courts. Son teint va bientôt acquérir une couleur cuivrée avec le soleil. Les

Européens emmènent souvent leurs femmes en excursion... Personne ne songerait à emmener une inconnue lors d'une expédition comme la nôtre, n'est-ce pas ? Elle peut nous servir, Luke. Elle peut renforcer notre couverture.

— Ah ! La sagesse orientale !

Luke eut un petit rire.

— ... Tu as raison... Très bien... C'est sans doute le moindre des risques à prendre.

— Elle sera d'accord, tu crois ?

— Je m'en charge. C'est moi qui ai décidé de l'emmener hier. J'en assumerai l'entière responsabilité.

— Qu'allons-nous lui dire ?

— Le moins possible. Nous verrons plus tard, selon la tournure des événements... Elle en met du temps ! Je vais voir...

Selina se tassa sur elle-même. Elle avait la nausée. En une nuit, leurs plans avaient changé... Tout cela était bien mystérieux. Apparemment, ils avaient l'intention de la garder. Mais pour combien de temps ? A quelles conditions ? Pourquoi cherchaient-ils à tout prix à se camoufler ? Quel était leur but final ?

La veille, elle aurait été enchantée d'apprendre cette nouvelle. Dix minutes plus tôt, elle aurait été soulagée. A présent, leurs intentions obscures et clandestines l'effrayaient. Quelques bribes de leur conversation se bousculaient dans sa tête... Comment Luke avait-il appris le nom de famille d'Henri ? Elle ne le lui avait jamais dit... Le mettre « hors circuit » ? Que voulait-il dire exactement ? Avait-il l'intention de le tuer ?... Non, ce n'était pas possible...

Elle avait le vertige. Quel était leur secret ?

Pourquoi voulaient-ils qu'elle les suive, déguisée en jeune épouse ?

— Selina !

Elle tressaillit violemment. Noirot s'en fut en courant et aboya. Elle n'avait plus aucune raison de se cacher. Elle se redressa, vacilla légèrement, puis sortit. Il serait plus prudent de les rejoindre et de feindre l'ignorance.

— Ah ! Il était temps !

Luke s'avança vers elle en quelques enjambées. Il lui tendit les bras. Elle eut un mouvement de recul. Les yeux plissés, il scruta son visage.

— ... Qu'avez-vous ?

— R... Rien. Je ne vous ai pas trop fait attendre j'espère.

— Miss Roxley aurait-elle retrouvé ses grands airs ? M'en voulez-vous de vous avoir reproché votre inconscience au sujet du python ?

— Oh, non. Pas du tout. C'est simplement...

Elle crispa les mains...

— ... Enfin, euh... En effet, la vue de ce serpent a dû me bouleverser.

— Cela me paraît évident. Vous êtes terriblement pâle.

Elle se mordit la lèvre et détourna vivement la tête. Non, elle ne pleurerait pas...

— ... Il n'y avait aucun danger réel, reprit-il plus gentiment. Venez par ici prendre votre petit déjeuner. J'examinerai vos contusions avant notre départ. Nous avons à vous parler sérieusement.

Ah ! Vraiment ! « Qu'allons-nous lui dire ? » ... « Le moins possible. »

— Oh ! Mes vêtements et ma trousse de toilette ! Je les ai oubliés.

— Calmez-vous. Les avez-vous laissés au bord de la rivière ?

42

— Non. Ils sont par là. J'y vais tout de suite. Vous... vous m'avez surprise quand vous m'avez appelée. J'ai tout fait tomber, mentit-elle.

Il la saisit par le bras.

— Vous vous affolez pour un oui ou pour un non !

Il l'invita à s'asseoir sur la machine de Narayan.

— ... Mettez cette veste. Il fait encore frais.

Il lui tendit la poêle brûlante.

— ... Attention, c'est chaud. Mangez, reprenez des forces. Voici une cuillère.

Luke disparut derrière les buissons. Narayan lui versa une grande tasse de café fort. Puis il se posta devant elle et l'examina silencieusement, tandis qu'elle mangeait. Elle avait la gorge nouée.

Que signifiaient ces regards étranges ? Luke avait-il deviné son indiscrétion ? Narayan avait insisté pour l'emmener. Mais Luke, manifestement, avait dû se laisser convaincre... Quelles étaient leurs véritables intentions ? Allaient-ils l'abandonner en pleine jungle ? Ou...

En un instant, toutes ses angoisses ressurgirent. Elle vivait un horrible cauchemar... Ces mois invivables, son escapade, son accident, sa frayeur devant le python... Sa main trembla. Elle ne pouvait rien avaler. Le plat glissa par terre.

— Selina ?

Luke s'était accroupi à côté d'elle. Du bout des doigts, il lui caressa le visage.

— ... Vous êtes encore sous le choc, *liefje* ! J'aurais dû y penser.

Il l'attira doucement dans ses bras.

Selina se débattait contre son envie de se pelotonner au creux de son épaule. En aucun cas elle ne devait trahir les véritables raisons de son désarroi. Elle ne devait plus lui faire confiance, malgré son attirance physique pour cet homme mystérieux...

Elle s'éloigna légèrement. Luke saisit le gobelet de café et le lui offrit. Elle essaya d'en boire une gorgée. Elle claquait des dents. Le front plissé, Luke la contemplait... Elle détourna les yeux. Noirot se léchait les babines. Il venait de finir les saucisses de la jeune fille...

Luke la prit par les poignets et l'obligea à le regarder dans les yeux.

— Selina, écoutez-moi bien. Nous avons plusieurs problèmes à régler maintenant. Vous vous sentirez sûrement mieux après cela. N'ayez aucune crainte, vous rentrerez chez vous, en Angleterre. Vous allez nous accompagner, et quand nous aurons terminé notre mission, nous nous occuperons de vous. Nous ferons tout pour éviter Spencer. Ce sera dur. L'escalade sera rude. Vous aurez besoin de toutes vos forces. Mais nous vous croyons capable de le supporter. Qu'en dites-vous ?

Que devait-elle en dire ?

— Cela dépend... Quelle est votre mission, exactement ?

Luke plissa les yeux, comme si elle venait de lui poser une question impertinente.

— Nous ne pouvons pas en parler. Cela ne vous concerne en aucune façon.

— Pourquoi ?

— Si vous n'êtes au courant de rien, vous ne pourrez nous trahir.

Il se leva lentement.

— ... C'est pour une bonne cause, Selina. Il s'agit de sauver des vies humaines.

— La vôtre, je suppose... Et la mienne, éventuellement, si je vous obéis.

— Indirectement, oui. Mais je pense surtout à d'autres personnes. Certaines sont irrécupérables, d'autres inconscientes. L'important est de les aider.

Ce sont des jeunes. Ils sont vulnérables, comme vous.

Luke paraissait très sérieux. Elle leva les yeux vers lui.

— Je... Je ne comprends pas très bien.

— Il n'y a rien à comprendre. Il faut me croire. Nous perdons notre temps, Selina. Vous nous accompagnez, oui ou non ?

Selina était perplexe. Cet homme lui avait sauvé la vie à deux reprises. Comment pouvait-elle l'oublier ? Comment pouvait-elle douter de son intégrité ?

Pourtant, elle le connaissait à peine. Luke était peut-être un bandit... persuasif. Après tout, ses déclarations étaient toutes énigmatiques. Il parlait d'une mission secrète... Elle fit une petite moue.

— Ai-je le choix ?

— Bien sûr. Soit vous prenez le risque de nous suivre. Soit vous retournez chez Henri Spencer.

— Et si ni l'une ni l'autre de ces solutions ne me satisfaisait ?

— Dommage pour vous, Miss Roxley. Il n'y en a pas une troisième.

Il l'examina de bas en haut, puis se tourna vers Narayan en levant les yeux au ciel, exaspéré. L'Indien haussa les épaules et hocha la tête. Luke revint sur la jeune fille.

— Très bien. Nous vous laisserons à Kaladhungi. Ensuite, vous vous débrouillerez toute seule, jusqu'à ce que Spencer vous ait rattrapée.

— Ne vous dérangez pas pour moi. Donnez-moi ma jeep, et indiquez-moi le chemin pour atteindre le village le plus proche.

— Il n'y en a plus d'ici à Kaladhungi, intervint Narayan.

— C... C'est impossible !... Bon, alors dites-moi la route à suivre jusqu'à Kaladhungi.

Une lueur de malice dansa dans les yeux gris de Luke.

— Dans ce cas, j'aime autant vous prévenir tout de suite. Henri Spencer a barré toutes les routes. Il est à Delhi. Il a alerté la police, fait parvenir des messages à des kilomètres à la ronde. Il offre une récompense considérable pour tout renseignement. La police locale est sur le qui-vive. Nous ne pouvons pas vous aider davantage. D'ici quelques heures, ils vous auront retrouvée.

— Je suis peut-être naïve, Luke, mais je ne suis pas complètement idiote. Comment pouvez-vous le savoir ?

— A votre avis ? Non, nous n'avons pas envoyé des signaux de fumée.

Narayan s'interposa, de sa voix calme et posée.

— Nous avons une radio, Miss Roxley. Luke, vous dit la vérité. Nous sommes bien informés.

La radio... Evidemment... Elle était assise dessus ! Elle bondit sur ses pieds comme si l'engin l'avait brûlée. Consternée, elle dévisagea les deux hommes. Elle ne savait pas où aller. Toute chance de s'échapper était nulle... Quel dilemme !... Devait-elle suivre ces inconnus ? Ils risquaient de l'impliquer malgré elle dans une sordide histoire... Devait-elle rejoindre Henri et Delia ? Ils la puniraient sans merci.

Luke l'invita gentiment à se rasseoir. Il avait posé une main réconfortante sur son épaule. Elle soutint son regard limpide un long moment.

— Alors, Selina ?

— Je vous suis, répondit-elle d'une voix presque inaudible.

— Jusqu'au bout ?

— Oui.

Elle baissa les paupières et poussa un profond soupir.

4

Selina était installée aux côtés de Luke Van Meer dans la petite automobile surchargée. Elle s'efforçait de dissimuler sa joie. Elle était surexcitée. En dépit de tous les incidents désagréables de la matinée, elle refusait obstinément de se poser plus de questions sur les motifs de sa décision. Selina pensait seulement aux avantages. Elle verrait enfin l'arrière-pays de l'Hymalaya, les merveilles de la plus haute chaîne de montagnes du monde ! Elle serait libre d'exprimer ses sentiments. L'aventure l'attendait...

Surtout, elle était avec Luke. Elle se sentait si bien auprès de lui ! C'était inexplicable. Ils se connaissaient à peine. Evidemment, Luke était le contraire d'Henri... Avec Henri, elle avait toujours su à quoi s'attendre. D'humeur égale, cérémonieux et menaçant, il réussissait toujours à obtenir ce qu'il voulait d'elle. Luke l'irritait et l'attendrissait à la fois. Un instant, il se montrait gentil, presque tendre. L'instant d'après, il était désagréable, impertinent, distant. A son grand étonnement, elle avait l'audace de le défier, de l'injurier... ou alors de se précipiter dans ses bras pour y chercher un réconfort...

Quel paradoxe ! Henri avait voulu lui imposer la « sécurité ». Cela la terrifiait. Au contraire, Luke lui offrait le mystère, des situations risquées pouvant basculer dans un sens ou dans l'autre. Elle était enthousiasmée. Delia et Henri lui avaient toujours fait peur. Avec Luke et Narayan, elle se sentait en confiance.

Luke avait fait cuire d'autres saucisses avant leur départ. Cette fois, elle s'était régalée. Accroupi devant elle, il avait soigné ses blessures. Il avait contemplé son œil tuméfié, une lueur amusée dans le regard.

— Vous ressemblez à un clown, ce matin. Vous avez de grandes plaques rouges sur les joues, à cause du soleil, et un magnifique œil au beurre noir.

Elle avait failli répliquer vivement, car elle n'appréciait guère son sens de l'humour. Pourtant, elle s'était retenue juste à temps. Luke avait sans doute raison, après tout. Elle n'avait pas pris le temps de s'observer dans la glace, ni de se maquiller. Furieuse, elle avait poussé un long soupir. Mais l'ombre d'un sourire s'était dessinée sur ses lèvres.

Luke avait éclaté de rire.

— Vous pouvez sourire, Selina. Cela ne vous fera aucun mal. Je suis désolé, je ne peux rien faire pour vous guérir. Cela passera bientôt. Mais dans votre attirail, vous avez peut-être pensé à emporter un filtre solaire ?

Attirail ! Décidément, cet homme était impossible !

— Oui, c'est dans ma trousse de... Que faites-vous ?

C'était une question sans intérêt, car elle avait parfaitement compris. Luke avait déjà plongé la tête dans son sac.

— Tenez, mettez un peu de cela sur votre visage !

Il lui avait lancé un tube de crème à bronzer. Il tourna les talons et entreprit de ranger sa trousse de secours.

Penaude, la jeune fille avait obéi sans protester. Puis elle avait attendu, immobile, l'esprit embrumé. Narayan avait rassemblé leurs affaires, éteint le feu, rempli les réservoirs d'essence. Elle avait dû se lever au bout d'un certain temps, car Luke voulait ranger la radio. Elle lui avait emboîté le pas.

— Je peux conduire la jeep, si vous voulez.

— Il n'en est pas question ! Vous montez avec moi, Miss Roxley.

Il avait attrapé le tendeur lancé par Narayan et fixait solidement le chargement sur la galerie.

— ... Nous ne pouvons pas prendre le risque de vous voir partir dans la direction opposée, dès que nous aurons atteint la route goudronnée.

— Cela ne me viendrait pas à l'idée !

C'était un cri d'indignation.

— ... Je vous le proposais, car je pensais pouvoir vous rendre service.

— Très bien, je vous crois sur parole. Cependant ce n'est pas la seule raison. Dans la jeep, vous seriez la cible idéale pour les envoyés spéciaux de Spencer. Dans la voiture, vous serez à l'abri du soleil, et moins reconnaissable.

Il avait fouillé dans un sac en toile et en avait extirpé une vieille chemise fripée. Il en avait déchiré une large bande et l'avait tendue à la jeune fille.

— Tenez. Mettez cela sur votre tête.

— J'ai un très joli foulard en soie.

Elle avait fait la moue en voyant le sourire malicieux de Luke.

— Un joli foulard en soie qui appartient à Miss Selina Roxley, n'est-ce pas ? Tout le monde le sait. Ce chiffon manque peut-être de finesse, mais il est propre... et anonyme. Avez-vous des lunettes de soleil ? Parfait. Mettez-les.

Elle avait obéi sans protester davantage. Elle

n'allait pas discuter maintenant. D'ailleurs, avait-elle une chance de gagner ? Jamais auparavant elle n'avait osé s'attaquer ouvertement à Henri ou à Delia. Elle s'était toujours réfugiée dans un silence taciturne. Elle sentait confusément qu'avec Luke, si l'occasion s'en présentait, elle aurait le droit d'exprimer à haute voix ses sentiments.

A présent, elle se tenait aux côtés de Luke Van Meer, docile et silencieuse. Elle avait rassemblé ses cheveux dans son bout de chiffon blanc. Ils roulaient en cahotant sur une allée défoncée. La forêt défilait à une vitesse vertigineuse. Narayan était parti dix minutes avant eux, par précaution. Ils avaient l'impression d'être seuls au monde.

Contrairement à la veille, où elle avait sombré dans un sommeil profond, Selina se sentait en pleine forme. Elle contemplait la jungle mystérieuse, enthousiasmée. Luke avait dû le sentir, car il lui jetait de temps en temps un regard indulgent. Parfois, il ralentissait un peu pour lui montrer un arbre ou une plante insolites. Il répondait à toutes ses questions avec gentillesse.

— Là-bas, ce sont des *Flammes de la Forêt*... Et ces lianes aux fleurs mauves s'appellent *bauhinia*.

Le soleil grimpait très haut dans le ciel. La chaleur et l'humidité devenaient pesantes.

Selina avait aperçu des sangliers au bord de la route. Un peu plus tard, un troupeau de *chital*, admirablement camouflés dans les feuillages, avait surgi devant eux. Selina avait retenu son souffle. En un instant, elle avait revu son accident de la veille.

— Pourrons-nous apercevoir un tigre, au cours de notre expédition ? s'enquit-elle subitement... Je les ai toujours vus malheureux, en cage. Ici, ce doit être différent.

— Nous n'aurons sans doute pas cette chance,

50

Selina. C'est une espèce en voie de disparition. Il en reste fort peu dans cette région.

— Ce doit être très difficile de protéger tous ces animaux, soupira-t-elle.

La forêt sombre céda soudain la place à des kilomètres de brousse desséchée par un soleil éblouissant. Le silence était devenu oppressant. Selina observa son compagnon du coin de l'œil. L'avait-elle vexé ? Il avait les mains crispées sur le volant, comme pour se retenir d'un geste violent. Il prit enfin la parole.

— Je me préoccupe davantage de protéger les hommes des hommes, déclara-t-il, les dents serrées.

Il appuya sur l'accélérateur.

Prise de court par tant de véhémence, Selina ne savait comment riposter. A en déduire par son ton sec, il faisait référence à un cas particulier. A qui pensait-il ? A Henri ? Etait-ce pour cette raison qu'il avait consenti à emmener Selina, en dépit de tous les risques encourus ?... Elle s'essuya le front du revers de la main. Non, c'était impossible. Luke n'était pas suffisamment renseigné sur lui. D'ailleurs, protéger des vies humaines était une entreprise noble. Elle ne pouvait s'appliquer à une jeune fille insignifiante, rencontrée par hasard la veille.

De quoi parlait-il, alors ? Comment était-il devenu cet adversaire implacable ? Visiblement, il s'agissait d'une injustice flagrante, qui avait complètement bouleversé Luke Van Meer. Il voulait y remédier par vengeance personnelle. Par intuition, Selina comprenait que cette mystérieuse mission était étroitement liée avec son problème.

Cependant, elle imaginait difficilement ce qu'il venait chercher dans cette région isolée, au pied de l'Himalaya. Quel était son secret ? Un seul coup d'œil dans sa direction lui suffit : la question mourut

sur ses lèvres. Il semblait plus détendu, maintenant.
Mais il était doté d'un caractère imprévisible. Elle ne
voulait pas prendre le risque de poursuivre cette
conversation.

Ils avaient atteint une route plus praticable. Luke
accéléra. Sans doute était-il anxieux de rattraper le
temps perdu à musarder dans la forêt... Une charrette les croisa. Selina se tassa sur elle-même. Ils
étaient de retour dans le monde des hommes. La
région était peu peuplée, mais il lui faudrait tout de
même songer très bientôt à son « déguisement »...
C'était étrange... Luke n'avait pas parlé de la suggestion de Narayan... Elle toussota. Le chariot avait
disparu derrière eux dans un nuage de poussière
blanchâtre.

— Encore quelques kilomètres en cahotant.
Ensuite nous nous arrêterons un peu.

Il lui jeta un coup d'œil amusé.

— ... Un peu de cette poussière sur votre huile à
bronzer, et vous aurez un teint de rêve !

Furieuse, Selina plongea la tête dans son sac, à la
recherche d'un mouchoir. Il se pencha en avant,
ouvrit la boîte à gants et lui offrit une serviette en
papier. Elle s'épongea le visage.

Deux silhouettes se dessinaient au loin. Selina
reconnut deux villageoises, vêtues de modestes *saris*
blancs. Elles trottinaient l'une derrière l'autre. La
première portait un immense panier en équilibre sur
sa tête. La seconde menait une vache.

Luke freina brutalement en klaxonnant. Ahurie,
Selina vit les deux Indiennes se précipiter au-devant
de la voiture, comme deux lièvres affolés. Luke les
dépassa en leur adressant un large sourire. Aussitôt,
elles détournèrent timidement la tête.

— Heureusement, vous aviez ralenti ! Vous les
avez effrayées, avec votre klaxon ! Quelle idée de

traverser de cette manière, sans regarder. Elles n'ont sans doute pas l'habitude de la circulation.

— Vous avez encore beaucoup à apprendre, Miss Roxley. Ce sont peut-être des villageoises... à vos yeux des sauvages... mais elles sont loin d'être stupides. Vous avez pris un nuage de poussière en plein visage, quand la charrette nous a croisés tout à l'heure. Elles ont su éviter ce désagrément. En entendant le klaxon, elles ont regardé autour d'elles pour savoir dans quelle direction soufflait le vent, puis elles ont traversé. Quand le sable se sera posé, elles poursuivront leur chemin.

— Ah...

Elle se recroquevilla sur elle-même.

— Allons ! Ne vous en faites pas pour si peu. Vous avez au moins montré une certaine compassion à leur égard. Cela prouve que vous avez du cœur.

— Alors vous saviez... Vous avez ralenti en les prévenant de votre arrivée.

— Naturellement. Moi aussi, j'ai du cœur.

Il avait retrouvé un ton moqueur. Il saisit la main de Selina et la posa sur le côté gauche de son torse.

— ... Tenez, voyez vous-même.

Une curieuse sensation s'empara de tout son être en percevant les battements réguliers sous ses doigts. Elle se mordit la lèvre et reprit sa main d'un geste brutal. Luke haussa un sourcil inquisiteur. Pour toute réponse, elle rougit.

— C'était une simple plaisanterie. Il est inutile de vous mettre dans tous vos états pour cela. J'essaie de vous faire sourire. J'ai l'impression de me heurter à un mur. Je ne vous ai encore jamais entendue rire.

Elle se tourna vers la fenêtre.

— En d'autres termes, vous me reprochez de manquer d'humour. C'est cela ?

— Voyons, Selina, n'en prenez pas ombrage.

Il hésita un instant, puis reprit d'une voix plus douce.

— C'est vrai, vous n'avez pas eu tellement l'occasion de rire, depuis quelque temps.

— Non...

La suite de sa phrase mourut sur ses lèvres. Elle n'avait pas envie de se souvenir de Delia et d'Henri. Elle se remémorait uniquement l'étrange sensation éprouvée en posant la main sur la poitrine de Luke. Elle la frotta sur son genou, comme pour en effacer une marque indélébile. Non... Elle n'avait plus ri depuis longtemps, depuis une éternité !

— Quel âge avez-vous, Selina ?

— J'aurai dix-huit ans dans un mois, répondit-elle sèchement.

— Grands dieux ! Vous êtes mineure ! Je n'y avais jamais pensé. Vous paraissez plus âgée. Suffisamment, en tout cas, pour...

— Pour quoi ? intervint-elle, subitement à court de souffle.

— Pour prendre vos responsabilités. Hier, tout me semblait très clair. Nous prenions en charge une jeune femme en difficulté. Aujourd'hui, je découvre que nous protégeons la fuite d'une mineure, contre le gré de ses tuteurs. Ils pourraient parfaitement nous accuser de détournement de mineure ! De kidnapping ! Pourquoi ne pas me l'avoir révélé plus tôt ?

— Pourquoi ne pas m'avoir posé la question ?

Indignée, affolée, elle préférait prendre le parti de l'agressivité.

— ... Vous saviez tout à mon sujet, n'est-ce pas ? C'est bien vous qui avez fouillé dans mon sac à main ? Vous avez même découvert mon nom dans mon passeport, non ?

Elle avait la gorge nouée.

— D'accord. J'ai aperçu votre date de naissance.

54

Je n'ai pas eu le temps d'en tirer des conclusions. Souvenez-vous... Vous étiez dans un état pitoyable. Je me permets d'ajouter que vous n'avez rien d'une petite fille, physiquement...

— Merci. Vous êtes trop aimable !

— Calmez-vous, Selina. De toute façon, il est trop tard pour revenir sur nos pas. Agissons en toute lucidité. Nous réglerons les problèmes compliqués en temps voulu.

Selina ne put dissimuler son soulagement. Elle essuya son front moite du revers de la main. Elle ne savait pas exactement à quelle réaction elle s'était attendue de la part de Luke. Cependant, le fait d'avouer son âge lui avait ôté toute sa confiance.

Il paraissait morose.

— Spencer aura lui-même des explications délicates à fournir... Forcer une jeune fille à l'accompagner dans un endroit complètement isolé... L'effaroucher... Il aurait peut-être réussi à s'en sortir malgré tout. A partir de quel âge a-t-on le droit de se laisser séduire, en Angleterre ? Seize ans ?... C'est incroyable ! Devant la loi, vous n'êtes pas encore une adulte responsable. Pourtant, vous êtes déjà une femme.

— C'était épouvantable. Ils n'ont pas cessé de me harceler. Je devais me battre sans arrêt pour... pour... Enfin, vous m'avez comprise... Il me désirait. Il n'y a aucun doute sur ce point. Mais il avait d'autres motifs...

Luke scruta son visage aux traits tendus. Selina avait pincé les lèvres de dégoût en repensant au cauchemar de ces dernières semaines. Le regard de Luke s'attarda ensuite sur ses longues mains fines, crispées sur ses genoux. Il posa un bras réconfortant autour de ses épaules.

— ... Je ne rentrerai jamais chez eux. Jamais ! Je préférerais mourir ! s'écria-t-elle.

— Taisez-vous !

Surprise par sa véhémence, elle releva brusquement la tête. Il était livide de rage.

— Je vous interdit de parler de cette façon ! Si je vous entends prononcer le mot suicide, si je vous soupçonne d'y penser, je vous administrerai une correction dont vous vous souviendrez !

Selina se tassa contre la portière, en retenant son souffle. En effet, elle avait songé à cette alternative à une ou deux reprises, ces derniers mois... Quand l'hystérie du moment menaçait de l'emporter sur sa lucidité... Cependant elle aurait été incapable de certifier aujourd'hui qu'elle aurait pu mettre sa menace à exécution. Selina n'était pas femme à accepter les échecs. Pourquoi venait-elle d'exprimer à haute voix ce souhait irréfléchi ? Elle ne le savait pas exactement... C'était probablement un moyen pour elle de souligner son horreur à l'idée de retourner un jour chez sa belle-mère...

— Luke... reprit-elle enfin, le menton tremblant... Je ne voulais pas dire cela... C'était une façon de parler. Mais je suis sincère en affirmant que je n'y remettrai les pieds pour rien au monde.

— Très bien. Je vous l'ai déjà dit. Narayan et moi-même nous chargerons de tout.

— Vous ne me dénoncerez pas à la police ? Quoi qu'il arrive ?

— Je vous le promets.

Il lui avait répondu d'un ton sec, mais sa déclaration était sans équivoque. Rassurée, Selina renversa la tête en arrière et ferma les yeux. Les traits de son visage se détendirent peu à peu.

Quelques minutes plus tard, elle se redressait vivement. L'automobile avait quitté la route goudronnée pour emprunter un chemin cahotant, longeant un canal. De l'autre côté de la berge, Selina aperçut un patchwork de champs verts et dorés. Au-delà, se trouvait un petit village dissimulé dans les feuillages.

Le soleil impitoyable brillait très haut dans le ciel. Il régnait dans la voiture une chaleur étouffante. Selina se pencha vers l'avant. Son kaftan lui collait à la peau. Luke se gara à l'ombre d'un immense arbre fleuri. Il descendit du véhicule et le contourna d'un pas alerte. Selina ne pouvait détacher les yeux de cet homme athlétique.

— Voulez-vous boire ?

Il ouvrit la portière de sa compagne.

— ... Je vous propose un citron pressé.

Elle acquiesça, puis détourna la tête. Luke dut mal interpréter son geste, car il ajouta, moqueur :

— ... Je vous présente toutes mes excuses, Votre Majesté. Je ne peux malheureusement pas vous offrir l'air conditionné et le champagne frappé.

Selina éprouva tout d'un coup le besoin de s'éloigner de lui. Quelques minutes suffiraient... Elle se laissa glisser hors de la voiture, en prenant bien soin d'éviter tout contact avec lui. Puis elle se dirigea vers un bosquet en jetant par-dessus son épaule :

— Je reviens tout de suite !

Elle se figea sur place en pénétrant dans la forêt, sombre et lugubre.

Depuis vingt-quatre heures, elle avait été trop angoissée pour prêter attention à Luke. C'était un homme dynamique. Il n'était pas vraiment beau, mais possédait un tel pouvoir magnétique qu'il devait avoir beaucoup de succès auprès des femmes... Selina venait d'en ressentir les effets... Elle chassa cette pensée de son esprit. Ses problèmes personnels étaient déjà assez difficiles à résoudre. Ce n'était pas le moment de se laisser séduire par ce nouveau Luke Van Meer.

Cinq minutes lui suffirent : Selina parvint à reprendre ses esprits. Elle défroissa son jean et sa tunique, réajusta son morceau de chiffon sur sa tête, puis retourna sur ses pas. Luke l'attendait, adossé contre l'automobile. Il fumait paisiblement une cigarette. Selina soutint son regard sans ciller. Elle voulait lui prouver qu'elle était parfaitement détendue et désinvolte. Elle s'installa sur son siège et entreprit d'enduire son visage de crème à bronzer. Son œil était déjà moins gonflé, mais encore tuméfié.

Luke écrasa son mégot, puis ouvrit le coffre. Il revint vers elle quelques instants plus tard avec un grand verre de jus de fruits. Il l'examina de bas en haut, le regard moqueur, avant de le lui offrir. Elle jeta son sac sur le siège arrière, mit ses lunettes de soleil, puis avala une longue gorgée du liquide rafraîchissant.

— Il fait très humide, aujourd'hui, constata-t-elle.

— En effet.

L'ombre d'un sourire se dessina sur les lèvres de Luke. Il s'assit par terre, à l'ombre de la voiture, allongea ses jambes devant lui et reposa sa tête aux pieds de la jeune fille. L'œil fixé sur le cours d'eau paisible, Selina savourait son citron pressé. Elle cherchait en vain à entamer la conversation, mais ne savait pas par où commencer.

Elle l'observa à la dérobée. Il avait fermé les yeux. Son regard s'attarda sur son visage aux traits burinés, sur son torse puissant. Elle admira son épaisse chevelure blonde, décolorée par le soleil. Il papillonna des cils. Selina détourna vivement la tête. Pas tout à fait assez tôt, cependant, pour éviter la lueur dansante au fond des yeux gris d'acier. Elle tressaillit.

Elle feignit de s'intéresser vivement à l'arbre sous lequel ils se trouvaient. Elle étudia l'une après l'autre les grosses fleurs blanches et se racla la gorge avant de parler.

— Cet arbre est magnifique, n'est-ce pas ?

— Mmm... ?

Il renversa la tête en arrière pour le contempler.

— ... C'est un *Semul*... un genre de Bombax. Le bois est très pauvre en fibres. Il ne peut guère être utilisé autrement que pour la fabrication de caisses. Mais on se sert du duvet entourant les graines de leurs fruits. Avez-vous déjà entendu parler du kapok ? C'est cela. On s'en sert pour bourrer les matelas, les coussins et surtout les ceintures de sauvetage. Chaque filament est formé par une cavité étanche : le kapok possède donc une flottabilité remarquable...

Il ferma les yeux.

— ... Avez-vous faim ?

Selina se sentait léthargique.

— Non, pas vraiment. Il fait trop chaud pour manger.

— Nous allons nous reposer encore une dizaine de minutes, puis nous poursuivrons notre chemin.

Cependant, en revenant sur la route praticable, Selina se rendit compte que cette petite pause ne l'avait en rien apaisée. Elle ne connaissait toujours pas le but de la mission mystérieuse de Luke. Elle ne savait pas quelles étaient ses intentions à son égard. Elle savait encore moins où elle trouverait la force de lui résister. Il ne ressemblait en rien à Henri. Elle se savait incapable de se défendre en face de lui. S'ils en restaient au stade de l'amitié pure, tout irait bien. Mais si Luke avait d'autres idées derrière la tête...

Il était si près d'elle... Un silence pesant les séparait. Au bout de quelques kilomètres, Luke lui adressa un regard méprisant.

— Dieu seul sait pourquoi vous êtes tout d'un

coup si tendue, Miss Roxley! Cependant, si vous avez soudain décidé depuis une demi-heure que les conditions de ce voyage vous sont pénibles, je vous conseille de réfléchir. C'est vous qui l'avez cherché dès le départ, en vous enfuyant de cette façon avec la jeep. Bouder ne vous avancera à rien.

— Je... J'ai mal à la tête, rétorqua-t-elle.

Ce n'était pas tout à fait faux... Luke se reprit immédiatement.

— Je vais vous donner des cachets. Vous pourrez vous reposer dès notre arrivée au campement.

Narayan les attendait à l'abri d'une colline. Selina était très impatiente de descendre de l'automobile. Elle s'étira longuement. Le chien se précipita aussitôt vers elle, fou de joie. Il aboyait, remuait la queue, courait autour d'elle. Enfin, il se jeta dans ses bras. Attendrie, Selina le serra contre son cœur. Elle eut un petit rire nerveux, tout en clignant des yeux pour ravaler ses larmes. Selina le caressa, réconfortée par la tendresse qu'il lui manifestait si ouvertement.

— Depuis qu'il vous a retrouvée dans la clairière, il estime avoir des droits sur vous. Jamais encore je ne l'ai vu aussi affectueux avec une inconnue, fit remarquer Luke.

Elle leva la tête, surprise. Ses deux compagnons l'observaient déjà depuis quelques minutes, le regard amusé.

Elle redressa les épaules, sur la défensive.

— Je n'ai jamais eu de chien. J'aime beaucoup Noirot.

— Je me permets de vous donner un petit conseil. Ne vous attachez pas trop à cet animal plein de puces.

Le ton brusque de Luke la fit revenir à la réalité. Il avait raison. Elle ne savait pas combien de temps

60

durerait cette aventure. Elle savait encore moins comment tout cela se terminerait.

— Ne vous inquiétez pas pour moi, répliqua-t-elle.

Elle s'éloigna ostensiblement des deux hommes. Elle avait besoin d'un petit moment de tranquillité.

Sa migraine avait repris et l'épuisait. Elle se rafraîchit rapidement, mais ne prit pas la peine de se changer. Elle grignota à peine le repas préparé par Narayan. Luke lui tendit des cachets d'aspirine. Docilement, elle les avala, puis s'enroula dans une couverture, le dos au feu de camp. Dans cette région, les nuits étaient glaciales.

Luke et Narayan s'étaient isolés derrière un mur de rochers avec l'équipement de radio. Elle entendait seulement le chant des cigales, le roucoulement d'un oiseau de nuit... La journée avait été longue. Que lui réservait le lendemain ?

Les médicaments commençaient à faire leur effet. Petit à petit, Selina se détendit. Son mal de tête s'estompa. Elle sombra dans un profond sommeil.

5

Selina dormit douze heures d'affilée, d'un sommeil profond et réparateur. Elle se réveilla en pleine forme, se sentant bien reposée, calme et sereine... Elle s'étira longuement. Un frémissement la parcourut... Ce matin, elle était de nouveau en paix avec elle-même.

Elle avait tourné une page dans sa vie, et était maintenant résolue à l'accepter. Après tout, pourquoi ne pas s'adapter aux circonstances? C'était à elle d'en profiter le plus possible... et le plus longtemps possible...

Etait-ce cela, la véritable conception de la sagesse en Orient?... Elle chercha ses sandales au bord de son lit et les secoua vaguement avant de s'asseoir pour les enfiler... Kismet! Le Destin... Les événements s'étaient précipités malgré elle : elle avait décidé un jour de s'enfuir du bungalow. Sa fuite avait coïncidé avec le passage de Luke Van Meer et de Narayan dans la réserve. Par hasard... par chance, peut-être... ils étaient venus la sauver. La situation avait évolué rapidement. Elle avait accepté de les accompagner dans leur mystérieuse mission... Kismet...

Quant à Luke Van Meer... Selina détacha sa

moustiquaire et l'enroula soigneusement dans sa couverture. Il se montrait amical ou ironique, gentil ou arrogant. Cependant, pas une fois ses gestes n'avaient été déplacés. Il n'avait rien fait pour éveiller en elle la moindre appréhension d'une agression physique. La veille, elle était tout d'un coup devenue très méfiante. Elle ne pouvait s'en expliquer les raisons exactes... Elle s'était simplement laissé influencer par sa folle imagination...

Mais cela, c'était de la faute d'Henri... Selina passa une main dans ses cheveux hirsutes... Henri avait réussi à déformer ses idées à propos des hommes en général. A présent, elle était effrayée à la pensée d'aimer... Elle poussa un profond soupir. Il était temps de retrouver un comportement naturel ; en face de Luke aujourd'hui, puis de tous les hommes qu'elle aurait l'occasion de rencontrer au cours de sa vie.

D'un geste vif, elle repoussa le pan de la tente. Elle sortit en chantonnant une mélodie joyeuse. Luke et Narayan avaient déjà chargé la galerie de la voiture. Le soleil brillait assez haut dans le ciel... Narayan avait disparu avec le chien. Selina aperçut Luke, penché sur le moteur de l'automobile.

— Oh, Luke ! protesta-t-elle, un peu vexée... J'ai trop dormi. Pourquoi ne m'avez-vous pas réveillée ? J'aurais pu vous aider !

Il vint vers elle en essuyant ses mains noires de graisse à l'aide d'un vieux chiffon déchiré.

— Je vous ai donné des cachets, hier soir. Ils ont eu un effet radical.

Il sourit.

— ... Voulez-vous des saucisses pour votre petit déjeuner ? Vous ne supportez peut-être plus la vue de ce plat...

— Ce sera parfait ! répondit-elle avec empresse-
ment... Je vais me rafraîchir un peu et m'habiller.

Elle saisit un récipient d'eau et se réfugia derrière
des buissons. Luke paraissait de fort bonne humeur.
Il semblait avoir oublié son comportement odieux de
la veille... Dieu merci, il l'avait crue, quand elle avait
prétexté une migraine !... Ces cachets étaient décidément très forts... D'où les tenait-il ?... Selina chassa
cette pensée de son esprit. Ce n'était pas le moment
de tergiverser. Après tout, elle était guérie et se
sentait pleine d'énergie.

La matinée se passa sans incident. Dans un silence
amical, ils savourèrent leur petit dejeuner composé
de saucisses et de café fort. Puis ils rangèrent le reste
de leur équipement avant de poursuivre leur chemin
sur une route poussiéreuse. Au moment où ils
bifurquaient sur la voie goudronnée, une bande de
perruches multicolores passèrent au-dessus de leurs
têtes en hurlant. Selina ne put s'empêcher d'éclater
de rire...

Elle était surexcitée... La jungle cédait la place aux
paysages montagneux. Ils roulaient à présent sur un
sentier en terre battue, à travers une forêt de
buissons fleuris. Ils arrivèrent enfin à la cime d'une
colline. Des champs en terrasses, verdoyants, tapis-
saient la vallée. Au loin, quelques maisonnettes en
terre séchée surgissaient parmi les feuillages.

Ils s'arrêtèrent sur la place principale du village.
Aussitôt, une nuée d'enfants se précipita vers eux.
Pieds nus, ils couraient partout en poussant des cris
de joie. Luke gara l'automobile à l'ombre d'un mur
en ruine. Tout sourires, les gamins dépenaillés grim-
pèrent sur le véhicule. Les propriétaires des échoppes vinrent se joindre à eux pour accueillir ces
inconnus. Les femmes étaient restées à l'écart. Elles

cachaient timidement leurs visages à l'aide de leur voile, mais leurs yeux noirs brillaient de curiosité.

Selina était enchantée. Enfin, elle avait l'occasion de voir vivre le peuple de ce mystérieux pays !

Elle se tourna vers son compagnon.

— Puis-je descendre ?

Ignorant sa requête, il se pencha par la fenêtre pour appeler l'un des hommes.

— ... Luke, s'il vous plaît ? insista-t-elle... Une minute seulement...

— Très bien. Cependant, il ne me faudra pas longtemps pour savoir où Narayan a décidé d'installer le camp. Ne vous éloignez pas.

D'un geste vif, elle poussa sa portière et sortit parmi la foule d'enfants ravis. Elle lissa ses cheveux humides sous son foulard improvisé... Sa nuque était moite de transpiration. Un frisson la parcourut. Le village se trouvait au pied des montagnes. Ils étaient à quelques centaines de mètres seulement au-dessus de la jungle. Pourtant, il faisait nettement plus frais, ici. Elle prit une longue inspiration, puis se dirigea vers les étalages...

Escortée d'une horde d'indigènes bruyants et excités, elle contempla les caisses pleines de graines de toutes sortes. L'odeur de l'ail et des clous de girofle lui chatouillait les narines. Elle s'arrêta devant les pyramides de piments verts et rouges, les briques de sel, et de curieux morceaux de sucre brunâtre, extrait de la sève de palmier... L'une des échoppes était décorée de guirlandes de sachets de thé, qui claquaient au vent comme autant de drapeaux miniatures. A côté, on vendait une collection incroyable de bracelets dorés et d'objets de pacotille.

Elle s'attarda un moment devant un commerçant de forte corpulence, qui pesait de la farine à l'aide d'une vieille balance. Sa cliente, une dame âgée au visage fripé, lui tendit une partie de son châle. Il y versa le contenu du sac. Elle le noua d'un geste habile et, après lui avoir donné une pièce en échange de la marchandise, s'éloigna. Elle marmonnait entre ses dents. Selina éprouva un élan de pitié pour cette femme usée... Cependant, elle ne pouvait rien faire pour l'aider...

Elle était en train de contempler d'étranges boules marron exposées sur un plateau en cuivre, quand elle sentit deux mains se poser sur ses épaules. Elle se retourna vivement et reconnut Luke. Un bref instant, elle soutint son regard perçant et ressentit subitement un besoin impérieux de lui caresser le visage. Heureusement, elle sut se retenir... L'ombre d'un sourire se dessina sur les lèvres de Luke. Une lueur moqueuse dansa au fond de ses yeux gris. Il haussa un sourcil inquisiteur.

Gênée, Selina se détourna.

— Luke... Qu'est-ce que c'est?... Ces boules brunes... On les mange?

— C'est du tabac.

La jeune fille crut déceler une nuance ironique dans sa voix.

De quoi s'amusait-il? De la façon dont elle l'avait dévisagé? Il n'avait pas pu s'en rendre compte. Il portait des lunettes de soleil... D'ailleurs, il riait toujours de son ignorance. C'était cela. Il trouvait sa question incongrue. Elle en fut irritée.

— Vous vous moquez de moi.

— Voyons, Miss Roxley, je n'oserais pas! protesta-t-il, mielleux.

Il poussa un profond soupir, puis lui donna des explications plus précises.

— ... On fait brûler une de ces petites boules dans une sorte de pipe en terre cuite. Il faut la tenir d'une

66

façon particulière, afin de ne pas laisser s'échapper la fumée...

Il attira la jeune fille contre lui.

— ... Venez. Il est temps de repartir.

Il la poussa doucement en avant. Au même moment, Selina aperçut un étalage de sucreries disparaissant presque sous une nuée de mouches. Elle fronça le nez, dégoûtée. Cependant, l'un des enfants, moins timide que les autres, osa exprimer à haute voix son désir. Tous se tournèrent vers les étrangers. Selina jeta un coup d'œil en direction de Luke. Il secoua la tête.

— Non. Vous ne leur offrirez ni bonbons ni argent. Vous avez déjà suffisamment suscité leur curiosité.

Selina fit la moue. Il l'entraîna rapidement vers la voiture.

— ... Ne vous inquiétez pas. Je donnerai quelques sous au chef du village. Il s'arrangera pour les partager équitablement après notre départ.

Quelques kilomètres plus tard, ils arrivèrent à une fourche. Luke emprunta la route la plus praticable. Après un long parcours tortueux, ils arrivèrent dans une large vallée traversée par un cours d'eau. Un nuage de fumée surgit au loin. Narayan avait déjà allumé le feu. Luke gara la voiture à côté de la jeep.

Selina se laissa glisser à terre, ravie de pouvoir se dégourdir les jambes. Comme la veille, elle fut accueillie joyeusement par Noirot... Un frisson la parcourut... Elle portait encore sa tunique en coton. Pour la première fois, elle se rendit compte que plus ils grimperaient dans les hauteurs, plus le temps se rafraîchirait. Elle n'était pas équipée pour une randonnée dans l'Himalaya en plein mois de mars...

Elle se frotta vivement les bras, soudain inquiète.

— Vous avez froid ? s'enquit Luke d'un ton sec...
Même au soleil ?

— Ce n'est rien. Je vais me remuer un peu. J'irai
mieux dans quelques minutes.

— Naturellement... Vous aviez l'intention de fuir
pour l'Angleterre, mais vous n'aviez rien emporté...
Vous avez agi sans réfléchir, comme toujours !

— J'ai mis une veste de laine et un pantalon chaud
dans ma valise, mais dans l'affolement du moment,
j'ai oublié mon manteau de fourrure au bungalow. Je
pensais acheter quelque chose à Delhi... Je n'avais
pas prévu cette excursion dans les montagnes,
ajouta-t-elle avec une certaine amertume.

— Ce n'est pas une raison pour vous emporter de
cette façon ! Nous allons y remédier.

Il alla chercher sa propre veste de laine dans la
voiture.

— ... Tenez. Mettez ceci en attendant.

« En attendant » quoi ? Allait-il l'abandonner ? La
renvoyer dans la plaine ? L'immense chandail gris
tombait jusqu'à ses genoux. Etouffant un petit rire,
Selina roula les manches. Narayan et Luke avaient
entamé une de leurs conversations à voix basse. Elle
s'éloigna un peu pour contempler le paysage.

Cinq cents mètres plus haut, une cascade déversait
ses eaux tumultueuses dans la rivière avec fracas.
Puis, le torrent se transformait en un large cours
d'eau paisible. L'air était vivifiant, d'une pureté
extraordinaire. Les feuillages des arbres dansaient
sous la brise caressante.

Selina prit une longue inspiration et ouvrit les bras
comme pour encercler toute la splendeur de ce
paysage typiquement himalayen. La jeune fille
poussa un profond soupir de contentement. Elle
revivait... Enfin ! Selina se sentait des forces nouvel-

les... et se rendit compte tout d'un coup qu'elle mourait de faim.

Elle décida de rejoindre ses compagnons. Narayan s'attabla devant un grand plat de curry. Il avait dû acheter les épices au village... Luke et Selina se contentèrent d'œufs durs et de galettes de blé complet appelées *chupatties*. Selina savoura pleinement ce repas frugal en se remémorant les pique-niques de son enfance... Elle se servit un gros morceau de fromage, puis termina par une banane fraîchement cueillie. Le tout fut arrosé d'un thé très sucré.

Restaurée, détendue, Selina bondit sur ses pieds dès la fin du déjeuner et entreprit de ramasser les assiettes vides et les gobelets. Elle avait l'intention de descendre au bord de la rivière pour les laver. Luke s'adossa contre un tronc d'arbre. Son briquet cliqueta. Surprise, Selina se retourna. Un rayon de soleil filtrant à travers les feuillages touffus souligna le sourire moqueur de Luke. Il la détailla puis expira une bouffée de fumée blanche.

— Qu'est-ce qui vous fait rire ? demanda-t-elle, d'un ton impérieux.

— Vous.

Elle avança le menton, le défiant.

— ... Si seulement vos amis sophistiqués pouvaient vous voir en ce moment, Miss Roxley... Ils vous renieraient. Vous avez une drôle d'allure, avec vos vêtements poussiéreux, votre œil au beurre noir et votre chiffon sur la tête. Vous avez dévoré ce repas comme si vous aviez été privée de nourriture pendant plus d'une semaine !

Il claqua la langue, feignant la sévérité.

Selina rougit.

— Et alors ? J'avais faim !

Cependant, les mauvais souvenirs resurgissaient d'un seul coup. Elle prit le parti d'être désagréable :

— ... D'ailleurs, c'est votre veste ! A quoi vous attendiez-vous ? Vous auriez préféré me voir manger du bout des lèvres, vêtue d'une robe longue et à l'abri d'une ombrelle ? N'avez-vous jamais vu des jeunes filles tout à fait ordinaires en excursion dans la nature ?

Il haussa un sourcil moqueur.

— Vous ? Une jeune fille tout à fait ordinaire ? Vous n'avez jamais travaillé de votre vie !

Prise de court, elle hésita l'espace d'un éclair avant de balbutier :

— Comment le savez-vous ?

— Regardez vos mains, Selina... Vos jolies mains gracieuses et immaculées. Vos vêtements sont dans un triste état, mais on les reconnaît encore comme étant des produits de luxe. Vous avez une façon de parler, une façon d'évoluer, une façon de regarder les gens de haut qui ne prêtent pas à confusion...

Il sourit.

— ... Quand vous vous trouvez parmi les vôtres, Miss Roxley, vous êtes probablement ce que je qualifierais de snob.

— Vous me connaissez mal ! répliqua-t-elle, piquée au vif... De toute façon, ce n'est pas une raison pour m'injurier.

— Vous confondez insultes et franchise.

— Et vous confondez honnêteté avec... avec les préjugés. Vous m'avez jugée dès le début. Vous me considérez comme une petite fille riche, incapable de prendre ses responsabilités. Vous vous êtes mis cette idée dans la tête et rien ne vous fera revenir sur cet avis.

— Riche, certainement... Et gâtée, matériellement, insista-t-il, toujours souriant... Evidemment, vous avez eu quelques problèmes, mais...

Selina s'étranglait d'indignation.

70

— Mais l'argent était une compensation ? Vous et vos jugements superficiels ! Vous êtes comme tout le monde. Vous ne comprenez rien à rien !

— Bravo !

Luke avait renversé la tête en arrière en riant aux éclats. Il se redressa brusquement et crispa les poings pour feindre un match de boxe. Derrière eux, Narayan ne pouvait s'empêcher de sourire. Excité par le bruit de leurs voix, Noirot se mit à courir autour de la jeune fille en aboyant.

La colère de Selina se dissipa rapidement, mais elle freina son envie de se joindre à la gaieté générale. Elle battit des cils.

— Je plains votre épouse. Enfin... je doute qu'une femme ait eu la sottise de vous épouser ! Vous êtes un rustre, vous êtes obtus ! La pauvre doit mener une existence lamentable !

— Si vous voulez en savoir davantage sur mon statut dans la société, demandez-le-moi franchement. Je ne suis pas marié. Du moins, par pour le moment.

Il plissa les yeux, méchant.

— ... Vous êtes maintenant habituée aux difficultés de la vie. Nous ne nous faisons aucune illusion l'un sur l'autre... Seriez-vous prête à jouer un rôle, Miss Roxley ? Celui de mon épouse par exemple ?

Elle se rappela subitement la proposition de Narayan, le premier jour. Il avait suggéré cela à son compagnon pour leur faciliter les choses... Elle arrondit les yeux. Décidément, elle était trop sotte ! Quelle idée idiote avait-elle eue là ! Elle s'apprêtait à rétorquer vertement, mais sut se reprendre juste à temps.

— Cette conversation n'a aucun intérêt. J'en ai assez !

Sur ces mots, elle tourna les talons et s'en fut vers la rivière, munie des ustensiles de cuisine.

Accroupie au bord de l'eau, elle se mit à les frotter vigoureusement. Au bout de quelques minutes, Selina s'arrêta pour contempler ses mains. Elles étaient égratignées ici et là ; un de ses ongles s'était cassé. Mais elle était obligée d'admettre que Luke avait raison : ses mains n'étaient pas celles d'une travailleuse... Tant pis ! Elle s'appliquerait et apprendrait à participer aux diverses tâches. Ses longs doigts gracieux seraient bientôt moins impeccables... Elle allait prouver à Luke Van Meer de quoi elle était capable ! Il aurait de moins en moins l'occasion de se moquer d'elle !

En fait, cette algarade l'avait stimulée... Luke avait un pouvoir étonnant sur elle. Il savait provoquer des sursauts de peur, de colère, ou parfois de... Mais elle refusait de penser aux autres émotions qu'il savait si bien éveiller au fond de son cœur...

Du coin de l'œil, elle aperçut une paire de bottes en caoutchouc et un blouson. Il était venu la rejoindre. Il l'observait attentivement et n'avait sans doute pas l'intention de poursuivre leur discussion... Elle leva les yeux vers lui. Il paraissait très sérieux.

— Selina, permettez-moi de vous donner un petit conseil. Restez par ici, où le courant est encore assez fort. Ne descendez pas plus bas toute seule. Il y a peut-être des *magars*...

Elle se leva lentement, le regard inquisiteur.

— ... Des crocodiles, traduisit-il, laconique.

Elle frémit et fit un pas en arrière.

— Ne vous inquiétez pas ! L'incident du python m'a servi de leçon, hier.

Hier... Comme le temps passait vite ! Elle avait perdu toute notion des heures...

Une lueur de malice dansa au fond des yeux gris.

— Vous ne protestez pas ? Tant mieux... pour une fois !

72

Il se pencha pour ramasser les gobelets rincés.

— ... Les *Magars* ne sont pas très dangereux. Cependant, il vaut mieux ne pas prendre de risques inutiles, *liefje*. Quand nous aurons installé les tentes, nous irons jeter un coup d'œil par là.

— Puis-je vous aider ?

Elle s'essuya les mains sur son jean, soulagée... Toute trace d'animosité entre eux s'était dissipée. Pour la seconde fois depuis leur rencontre, il l'avait appelée *liefje*... D'après sa façon de le prononcer, c'était un mot gentil... Selina n'osa pas lui en demander la signification. Elle lui emboîta le pas docilement.

En fait, au lieu de les aider, elle leur fut plutôt une gêne. Cependant, elle voulait à tout prix faire plaisir à Luke. Ses deux compagnons furent d'une patience exemplaire avec elle. Ils avaient mis au point un système pour monter les tentes en un minimum de temps. L'équipement était trop lourd pour la jeune fille. Même la tâche consistant à défaire les nœuds des cordages lui parut insurmontable. Elle se contenta donc de transporter les duvets et les valises, de disposer les lampes-tempête et les divers ustensiles, tout en surveillant de près le chien.

Elle essaya en vain de déplier son lit de camp. Elle dut s'y reprendre à deux reprises, sans succès. La troisième fois, Luke vint à la rescousse. Les dents serrées, elle le regarda faire. Il l'examina et déclara :

— Allons, Selina, cela suffit maintenant. Vous avez largement participé à nos activités.

Il se moquait d'elle, mais gentiment. Elle ne put s'empêcher de rire avant d'adresser une grimace à son lit.

— Je réussirai toute seule, la prochaine fois !

Sur cette affirmation, elle se laissa choir sur le matelas et s'appuya sur ses coudes. Elle était épuisée.

C'était ridicule ! Selina jeta un coup d'œil autour d'elle... Elle n'avait presque rien fait !

Narayan s'était installé au soleil pour lire. Luke était en train de préparer ses hameçons pour aller à la pêche. Elle sourit en voyant le chien se pelotonner contre elle.

Luke la rejoignit quelques instants plus tard.

— Avez-vous encore la force de marcher un peu ?

Elle poussa un profond soupir en se levant.

— Décidément, je ne suis bonne à rien.

Tous deux se mirent à longer le cours d'eau. Elle connaissait maintenant suffisamment son compagnon pour savoir qu'il n'affirmerait pas le contraire.

— Vous n'êtes pas à votre place, ici, déclara-t-il de but en blanc.

— Oh ! Mais je pourrais l'être ! s'exclama-t-elle. C'est vrai, Luke ! Je... Jamais auparavant je n'ai eu l'occasion de vivre une pareille aventure. C'est à la fois merveilleux et affolant. J'ai l'impression de me réveiller après un long cauchemar et d'apprendre... la vie ! Donnez-moi un peu de temps. Vous verrez...

Il l'observa à la dérobée.

— Vous voulez vous dépenser physiquement, afin de soulager votre esprit.

— Oui... dans une atmosphère complètement différente ! Tout est si nouveau pour moi. C'est formidable !

Elle retint son souffle.

— ... Si seulement cela pouvait durer indéfiniment !

— Rien ne dure indéfiniment, répliqua-t-il sèchement.

Selina s'immobilisa, très pâle. Luke s'arrêta aussi. Il fouilla dans sa poche, à la recherche de son paquet de cigarettes, et en alluma une. Au bout de quelques instants, il marmonna entre ses dents :

— Les sots disent toujours la vérité au mauvais moment.

Il rempocha son briquet, puis reprit plus gentiment :

— J'espère que vous éprouverez les mêmes sentiments à la fin de cette expédition.

— Elle ne durera pas indéfiniment non plus, n'est-ce pas ?

Selina se pencha pour ramasser une pierre plate. Elle ne devait pas penser à son avenir. Pour l'instant, il se présentait sous la forme d'un long tunnel noir. Elle allait vivre au jour le jour... Elle lança au loin sa pierre. Noirot se mit à courir pour la rattraper... Il y avait une seule certitude : en aucun cas elle ne retournerait chez Delia et Henri. Luke le lui avait promis. Mais plus tard, au terme de cette étrange mission, elle rentrerait en Angleterre... toute seule...

Il posa une main sur son épaule et l'attira près de lui. Elle lui fit face, tremblante.

— Ce ne sera pas facile, Selina. Il faudra mettre une croix sur votre passé. Vous allez devoir vous adapter à une vie difficile. Cependant, si vous avez envie de vous soulager en me décrivant votre cauchemar...

— Non !

Leurs regards se rencontrèrent, intenses et brillants.

— ... Non, pas tout de suite, reprit-elle plus calmement. Ressasser tous ces mauvais souvenirs gâcherait toute cette beauté.

Un long moment, Luke scruta les profondeurs des yeux violets de la jeune fille. Elle se tenait tout près de lui, parfaitement immobile. Il resserra son étreinte, puis la relâcha brusquement.

— Enfin ! Vous avez fait le premier pas en vous enfuyant.

— Vous voulez dire que j'ai brûlé les étapes.

— Oui.

Il feignit de lui donner un coup de poing au menton.

— ... Alors autant profiter du feu de joie !

Un peu plus loin, le cours d'eau s'étalait sur presque un kilomètre de largeur. Les berges étaient parsemées de buissons fleuris. Luke la saisit par le coude et lui désigna un endroit sableux. Elle aperçut deux formes sombres et inertes qui prenaient un bain de soleil. Elle tressaillit.

— Ce sont des *Magars*. On les reconnaît d'après leur tête courte et plate, expliqua-t-il à voix basse. En général, ils choisissent des plages calmes comme celle-ci. Ils n'aiment pas le courant. Tâchez de vous en souvenir, et tout ira bien.

— Ce serait horrible d'être emporté par les flots et de...

— Ce serait risqué. Mais ces animaux préfèrent les proies de plus petite taille. Parfois, ils attrapent même des oiseaux.

— J'avais toujours imaginé les crocodiles, la gueule grande ouverte avec des dents immenses, chuchota-t-elle, méduseé par la vue de ces sauriens.

— Vous pensez à une autre espèce, le *gharial*. Il préfère le climat de la plaine et les fleuves comme le Gange.

Au même instant, Noirot surgit devant eux. Voyant les crocodiles, il se mit à aboyer furieusement.

— Noirot ! hurla Selina, affolée.

Cependant, il fallut la voix de stentor de Luke pour rappeler le chien à l'ordre. Les reptiles se laissèrent glisser dans l'eau grise. Selina se précipita vers Noirot pour le retenir et contempla les deux masses grises qui s'éloignaient.

— Nous allons revenir sur nos pas ! s'écria Luke.

Ils remontèrent en direction du camp. Luke choisit un gros rocher et s'y installa pour pêcher.

— Puis-je rester ? s'enquit la jeune fille, hésitante.

— En aurez-vous la patience ?

— Mais oui !

Elle feignit d'ignorer le ton ironique de son compagnon. Elle était trop heureuse pour répondre à sa provocation.

Un instant, elle soutint son regard limpide. Puis elle poussa un soupir de satisfaction et s'assit à ses côtés. Les heures passèrent. De temps en temps, ils entamaient la conversation... Leurs voix mouraient bientôt. Tous deux étaient absorbés dans la contemplation du paysage. Selina savourait sa joie. Elle était attentive au murmure de la rivière, aux cris des oiseaux perdus dans la forêt. Elle avait enlevé son foulard pour se laisser caresser les cheveux par la brise.

Le soleil plongeait derrière les collines. Luke avait pris trois énormes poissons. Selina frissonna. L'air s'était considérablement rafraîchi. Elle était impatiente de retrouver sa couverture et de s'installer devant un feu de bois.

Si seulement Luke pouvait rester ainsi ! Les jours suivants seraient peut-être pénibles, mais le souvenir d'un après-midi comme celui-ci lui donnerait la force de surmonter tous les obstacles.

Elle ne pouvait encore se douter des difficultés qui l'attendaient...

6

Le lendemain matin, Selina se réveilla en sursaut et se redressa vivement. Une activité inhabituelle régnait au-dehors. Des bruits de voix lui parvinrent. Narayan et Luke parlaient l'hindi... Leurs paroles étaient entrecoupées des aboiements de Noirot et des claquements de sabots sur les pierres.

Elle bondit sur ses pieds et alla soulever le pan de sa tente, les yeux arrondis de curiosité.

Le soleil venait à peine de se lever, mais on s'agitait beaucoup. Six hommes venaient d'arriver. Deux d'entre eux avaient l'allure d'indigènes. Les quatre autres étaient vêtus d'uniformes kaki. Ils étaient accompagnés de deux mules lourdement chargées, et d'un poney de couleur caramel. Noirot tournait autour de l'un des Indiens, comme s'il le connaissait bien. Ils soulagèrent les bêtes du poids de leur équipement puis les laissèrent descendre vers la rivière en toute liberté.

Selina réprima son envie de sortir pendant quelques instants. Elle attendrait que Luke et Narayan aient fini de discuter. Les hommes s'éloignèrent du site de leur camp et s'installèrent autour de leur propre feu de bois.

Selina hésitait. Pouvait-elle se montrer ou pas ?

— Luke... ?

Il jeta un coup d'œil dans sa direction.

— Restez où vous êtes, Selina. J'arrive dans un instant.

Les hommes près du feu se tournèrent légèrement, puis baissèrent les yeux, discrets. L'un d'entre eux se leva et se dirigea vers la tente. Il était grand, décharné. Sa bouche se tordit en un sourire poli, révélant des dents noircies de nicotine. Il rassembla ses mains devant lui et exécuta un petit salut à la manière du pays.

— *Salaam, memsahib.* Je m'appelle Kunwar Singh. Je suis le serviteur du *sahib.* Voulez-vous prendre votre petit déjeuner maintenant ?

Prise de court, elle balbutia :

— Non... Oui... Euh... Bien sûr.

Cette réponse à peine intelligible lui suffit. Il se mit aussitôt à sortir des vivres et le pot à café. Noirot courait autour de lui, la queue battante. Il gênait Kunwar Singh dans tous ses mouvements. Cependant, celui-ci ne s'impatienta pas : il semblait bien connaître les habitudes du chien.

Luke arriva. Il repoussa doucement la jeune fille et fit tomber le pan de la tente derrière lui.

— Asseyez-vous, Selina. Sinon, nous n'aurons plus la place de respirer.

Mais il ne plaisantait pas. Il semblait préoccupé.

Elle se percha au bord de son lit de camp. Luke s'installa à ses pieds, ses jambes allongées devant lui. Un frémissement la parcourut... Il était trop près d'elle... Elle s'éloigna légèrement.

— Ecoutez-moi bien, Selina.

Ainsi, toute sa bonne humeur s'était évaporée au cours de la nuit... Elle se raidit.

— ... Nous n'avons plus le temps de discuter. Dorénavant, aux yeux de tous les autres... Je parle aussi bien de mes hommes que des gens que nous pourrons rencontrer sur notre chemin... Dorénavant, donc, vous êtes mon épouse. Mme Van Meer, ma *memsahib*... Vous avez bien compris, Selina?

Elle s'y attendait depuis plusieurs jours déjà, après avoir entendu la suggestion de Narayan. Cependant, le fait de s'entendre donner cet ordre sur un ton brusque et sans réplique l'irrita. S'il lui en avait parlé d'une autre manière, en expliquant ses motifs exacts, elle aurait réagi tout autrement...

— Si je comprends? Non, je ne comprends pas!

— Dieu tout-puissant! Etes-vous devenue sourde, tout d'un coup? En d'autres termes, nous allons partager cette tente. Vous resterez près de moi en tout temps et vous m'obéirez.

Elle riposta, furieuse.

— Ce n'est pas la peine d'être aussi agressif.

Son cœur battait sourdement. Elle avait la nausée...

— Partager cette tente minuscule avec vous? Cela tient d'une farce grossière. Je ne voudrais pas non plus d'un abri plus grand. Que voulez-vous dire, précisément, par vous « obéir »?

Une lueur menaçante dansa au fond des yeux gris. Luke haussa un sourcil moqueur. N'y tenant plus, elle détourna la tête.

— Cette attitude provocante était-elle une de vos méthodes avec Henri Spencer? Petite sotte! Avec votre charme et vos manières arrogantes, vous présentez aux hommes un défi auquel aucun ne saurait résister... Vous leur donnez envie de vous faire tomber de votre piédestal et de vous mettre à leur merci!

Il ricana.

— ... Quelle tentation pour un monstre comme Spencer! N'essayez plus jamais cette tactique avec

80

moi, jeune fille. Je suis un barbare au sang chaud. Je ne réponds pas de mes actes.

— Cessez donc de crier ! s'exclama-t-elle, outrée.

Elle était humiliée. Luke n'avait probablement pas tort. A force de se rebeller, elle avait attiré Henri, au lieu de le décourager... Elle frissonna... Elle n'avait pas eu d'autre solution ! Elle manquait d'expérience. Personne n'aurait su la conseiller...

Elle se recroquevilla sur elle-même. Ignorant ses protestations, Luke la saisit par les cheveux et l'obligea à se tourner vers lui. Elle essaya de se dégager, en vain. Elle ferma les yeux. Il examina son petit visage très pâle et son œil encore tuméfié. Enfin, exaspéré, il la relâcha.

— Bon, bon ! soupira-t-il... J'ai peut-être été un peu brusque.

Du bout du doigt, il effleura sa nuque...

— ... J'espérais pouvoir l'éviter, mais...

Il haussa les épaules.

— S'est-il passé quelque chose ?

Elle se redressa vivement, inquiète.

— ... Est-ce à cause de ces hommes ?

— Ce sont nos hommes. Sur leur chemin, ils ont été arrêtés par deux individus qui prétendaient être de la police. Ils ont été interrogés.

Selina ravala sa salive.

— Interrogés ?

— On leur a demandé s'ils n'avaient pas aperçu une jeune femme dans les parages. Mon serviteur et Narayan étaient prévenus. Ils ont dit que la seule Européenne qu'ils avaient vue était l'épouse de leur patron. Ils leur ont posé d'autres questions. Ils voulaient savoir quel était notre but. Narayan croit s'en être bien sorti. Ils n'ont pas été retenus très longtemps. Cependant, je ne suis guère rassuré.

Elle se mordit la lèvre.

— Risquent-ils de nous suivre ?

— C'est possible. Tout dépend de leurs motivations. Soit ils recherchent Selina Roxley, soit ils nous surveillent, Narayan et moi. De toute façon, nous devons être très prudents. Cette mission est d'une importance capitale.

La voix de Luke se durcit.

— ... Vous allez coopérer, n'est-ce pas ? C'est dans votre intérêt, si vous êtes trop égoïste pour vous sentir redevable envers nous.

— Vous êtes un monstre ! s'écria-t-elle, indignée. Vous commencez par me menacer. Ensuite vous me rappelez que je suis entièrement à votre charge. C'est... C'est du chantage !

— Ce sera ce que vous voudrez, mais il va falloir l'accepter. Vous ne pouvez pas continuer à vous enfuir devant le moindre obstacle. Aujourd'hui, vous n'avez pas le choix. La situation est trop grave.

Vaincue, Selina cacha sa tête entre ses mains.

— ... Que cela vous plaise ou non, Miss Roxley, vous jouerez le rôle de mon épouse jusqu'à la fin de cette expédition. Et tâchez d'être convaincante dans votre jeu !

— C... Comment ?

Luke ne répondit pas tout de suite. Paniquée, Selina croisait nerveusement ses doigts. Enfin, elle leva les yeux vers lui. Elle s'était attendue à tout, sauf à la lueur menaçante dansant dans le regard gris. Il parla à voix basse.

— Vous me soupçonnez d'être comme Spencer, c'est cela ?

— Comment pourrais-je le savoir ? s'écria-t-elle, désemparée... Je devais être aux aguets à tout instant ! Il trouvait toujours un prétexte...

Les mots moururent sur ses lèvres. Elle respirait avec grande difficulté.

— … Luke, mon intention n'était pas de…

— Si ! Je sais parfaitement où vous voulez en venir. Vous avez peur que j'insiste pour partager aussi votre lit ? Eh bien ! C'est un risque à prendre !

Il se leva d'un bond. Il la dominait de toute sa hauteur. Selina ne supportait plus ce mur de glace qui les séparait. Elle étouffa un sanglot.

— Très bien, Luke, très bien ! Je vous fais confiance.

Vivre auprès de lui dans cette tente minuscule ? Résisterait-elle longtemps à sa propre faiblesse ? Elle chassa cette pensée de son esprit. Il faudrait aviser en temps voulu… Pour l'instant, elle devait à tout prix apaiser la colère de Luke…

— … Je suis désolée, déclara-t-elle d'une voix suppliante… Mais Il m'est difficile de ne pas être méfiante.

Un court silence suivit.

— J'aurais dû y penser.

Du bout du doigt, il effleura le front de la jeune fille, comme pour en effacer les plis soucieux.

— Je vous l'ai déjà dit, Selina. Avec nous, vous êtes en sécurité. Nous ne vous ferons aucun mal. Vous pouvez me croire.

— Oui…

Elle était immensément soulagée.

— … Je ferai de mon mieux pour vous aider.

— Parfait.

Il souleva le pan de la tente et interpella Kunwar Singh avant de revenir vers elle.

— Nous avons une surprise pour vous.

Quelques instants plus tard, le serviteur entra. Il déposa une boîte en carton à ses pieds. Luke adressa un sourire radieux à Selina.

— Ce sont des vêtements. Nous avons rassemblé tout ce que nous avons pu trouver. Je ne sais pas s'ils vous iront, mais au moins, vous aurez de quoi vous couvrir. Il fera froid, là-haut.

Il ouvrit la caisse. Selina se laissa glisser à terre et se mit à déballer les vêtements.

— Comment vous y êtes-vous pris ? lui demanda-t-elle, émerveillée par tant d'efficacité.

— Nous avons fait des signaux de fumée, évidemment...

Il l'observa attentivement, tandis qu'elle dépliait un pantalon, quelques chemisiers, deux grosses vestes de laine et un gilet afghan.

Selina rit et l'enfila. Il lui allait relativement bien. Au moins, elle aurait chaud.

Elle grimaça.

— La peau sent un peu fort.

— Attendez la première goutte de pluie, vous verrez... Mais ne soyez pas trop difficile, Miss Roxley. Les vents sont cinglants dans les montagnes.

— Je vous suis trop reconnaissante pour me plaindre, répondit-elle, sincèrement touchée.

Elle soutint le regard pétillant d'humour de son compagnon. D'un seul coup, elle comprit : son soulagement n'était pas dû aux promesses de Luke, mais à leur réconciliation. Leur amitié lui était très précieuse.

Elle détourna la tête et entreprit d'examiner le reste des vêtements. Luke lui expliqua que le jodhpur appartenait à un écolier d'un village voisin. Les autres étaient à lui. Elle voulut enfiler un pull-over et fut prise d'un fou rire irrésistible. Il était immense !

— Comme c'est bon de vous entendre rire, soupira Luke...

Il hocha la tête.

— ... J'oublie combien vous êtes jeune, *liefje*.

Elle essuya ses larmes de joie du revers de la main.

84

— Rassurez-vous. Je ne ris pas par moquerie. J'ai dans mes affaires une trousse à couture. Quelques coups d'aiguille, et le tour sera joué.

— Vous savez coudre ? s'enquit-il, sceptique.

— Oui. Je me débrouille assez bien, d'ailleurs.

— Parfait.

Il se mit à jeter les vêtements dans le carton.

— ... Je vous emmène dans un petit coin derrière les rochers. Vous y serez tranquille pour vous changer. Mettez le jodhpur. On va vous donner un poney tout à l'heure.

Une pensée lui traversa subitement l'esprit.

— ... Savez-vous monter ?

— J'ai pris des leçons, autrefois.

Il hocha la tête, satisfait de cette réponse et souleva le pan de la tente.

— Quand vous serez prête, nous prendrons notre petit déjeuner. Puis nous chargerons les mules. Nous partons dans une heure ou deux.

Selina s'habilla rapidement. Elle constata qu'elle ne prenait plus le temps de s'attarder devant sa glace, depuis quelques jours... Tant pis ! La coquetterie n'était pas de mise dans une expédition comme celle-ci... Elle enfila son pantalon, un chemisier à carreaux et une des vestes de Luke. Elle enroula soigneusement les manches trop longues et mit une ceinture pour faire blouser son chandail. Ayant rassemblé ses cheveux dans un foulard propre, elle posa ses lunettes de soleil sur le bout de son nez et alla rejoindre Luke. Elle était à la fois enchantée et vaguement inquiète... Les « policiers » la retrouveraient-ils, malgré ce déguisement ?

Souriant et affable, Kunwar Singh leur servit un repas copieux. Il avait préparé une omelette aux fines herbes, des tartines grillées et du café fort.

Après le repas, Selina se rendit sous sa tente pour

préparer ses bagages. Elle alla ensuite poser sa valise et le carton près des paquets de Luke...

Elle n'avait plus rien à faire. Luke et Narayan surveillaient le chargement des mules. Elle se dirigea vers le poney de couleur caramel... Il était temps de faire connaissance... Il commença par secouer la tête en soufflant bruyamment. Selina réussit à le calmer et lui caressa doucement le museau. Elle lui offrit un sucre. Le cheval le croqua, savourant cette petite gâterie, puis chercha la main de la jeune fille... Il en voulait un autre. Selina le repoussa en riant.

Ils s'entendraient sans doute parfaitement bien... Selina se sentait coupable de ne rien faire. Elle décida de prendre sa trousse à couture, une chemise bleue et un pull-over et s'installa au soleil pour reprendre les plis. Elle travailla sans relâche pendant plus d'une heure. Sa paire de ciseaux n'était guère appropriée, mais le résultat lui parut tout à fait satisfaisant.

Les tentes avaient été démontées. Le site était parsemé de paquets soigneusement triés. Selina aperçut la silhouette de Luke. Il transportait des bidons d'essence. Sans doute les nouveaux arrivants les avaient-ils apportés ce matin... Qu'allait-il faire de sa voiture et de la jeep?... Elle était un peu irritée. Pourquoi ne la mettait-il jamais au courant de leurs activités? Elle rangea son ouvrage dans sa valise. Elle voulait poser quelques questions à Luke. Cependant, elle n'osa pas l'aborder. L'air préoccupé, il s'activait beaucoup... Selina Roxley n'existait plus!

Elle s'éloigna un peu. Tous ces hommes discutaient trop fort. Elle avait besoin de calme... Noirot l'accompagna. Brusquement, Selina s'immobilisa. Un éléphant descendait vers la rivière, de son pas pesant. Sur le haut de son énorme tête grise, Selina aperçut un homme et un petit enfant. Noirot aboya, l'oreille dressée. Elle se pencha pour le prendre dans ses bras avant qu'il puisse courir au-devant d'eux.

— Selina !

Luke surgit derrière elle.

Le cœur de la jeune fille bondit. Ainsi, elle existait tout de même à ses yeux... Il la surveillait de loin !

Les mains sur les hanches, il regarda passer l'éléphant. Il se tourna vers elle, le visage sévère.

— N'essayez pas de vous en approcher, prévint-il. Et surtout, retenez le chien.

— C'est ce que je suis en train de faire ! protesta-t-elle.

Luke demeura près d'elle quelques instants. Elle faillit parler, mais se retint au dernier moment. Il contemplait l'animal, qui avait maintenant les pieds dans l'eau.

— *Dutt ! Dutt !* cria l'inconnu.

L'éléphant s'immobilisa. Quelques mots inintelligibles leur parvinrent : l'animal s'agenouilla. L'Indien aida le petit enfant à descendre de son perchoir et alla poser un paquet à l'ombre d'un arbre. Luke fit quelques pas de côté pour l'observer d'un autre angle.

Noirot s'était calmé dans les bras de Selina, mais il avait toujours les oreilles dressées. De temps en temps, il tressaillait. L'enfant, accroupi près d'un buisson, paraissait âgé de deux ou trois ans à peine. L'homme, sans doute son père, était trapu. Médusée par ce trio, Selina se taisait. Luke semblait préoccupé.

Il appela Narayan. Un peu plus bas, l'homme donna un ordre à l'éléphant, qui se roula sur un flanc pour se laisser laver par son maître. Selina s'adossa contre un rocher pour mieux voir cette scène inhabituelle. Elle frémit, mal à l'aise. Narayan avait rejoint Luke, et tous deux conféraient à voix basse... Cet

homme était-il un espion ? Non, c'était impossible !
Pourtant... Un long frisson la parcourut.

Elle vit Narayan se diriger vers l'inconnu. Ils
discutèrent quelques minutes, en ponctuant leurs
paroles de gestes de la main. Selina se détendit :
c'était une conversation aimable apparemment...
Narayan revint vers Luke.

— A mon avis, c'est un honnête paysan, expliqua-
t-il... Il était curieux de savoir qui nous étions ; ils
sont tous curieux. Sa femme vient de mourir. Il est
allé chercher son fils au village avant d'aller travailler
dans la plaine. Je lui ai dit que nous étions des
Américains.

Selina éprouva un élan de pitié pour cet enfant
privé de sa mère. Il pleurnichait, à présent. Elle avait
une seule envie : se précipiter vers lui et le consoler.

— Luke, je pourrais peut-être...

— Non.

— Vous ne savez même pas ce que j'allais proposer !

— La réponse est toujours non. Je lis tous vos
sentiments sur votre visage, *liefje*. Ce paysan serait
gêné par vos attentions.

Il se tourna vers Narayan.

— ... Nous pourrions tout de même leur donner
un sac de riz et quelques vivres.

— En effet.

Les deux hommes tournèrent les talons, laissant
Selina seule sur son rocher.

Elle s'absorba dans la contemplation d'un spectacle extraordinaire. Ayant accompli sa tâche, le paysan laissa son éléphant allongé sur le flanc. Il alla
chercher son enfant. Il adressa quelques mots à
l'énorme animal, à voix basse, puis le plaça entre la
trompe et les pattes de l'éléphant.

Il demeura là, pendant que son père préparait un

frugal repas sur un feu de bois. Dès que le bambin faisait un mouvement pour s'enfuir, son gardien le retenait à l'aide de sa trompe. L'éléphant agissait avec une douceur incroyable. Selina était enchantée. Existait-il un autre endroit au monde où l'on pouvait voir un tel géant se comporter comme une nourrice avec un enfant ? Si un inconnu s'approchait d'eux, ce géant deviendrait certainement un dangereux adversaire. Ce souvenir resterait à jamais gravé dans la mémoire de la jeune fille...

— Selina ?

Luke interrompit sa rêverie. Elle leva vers lui ses yeux brillants de plaisir.

— Vous vous rendez compte ? C'est merveilleux ! s'exclama-t-elle, ravie.

Luke scruta son visage attentivement. Il se pencha vers elle pour lui prendre Noirot des bras et, de sa main libre, l'aida à se relever.

— L'éléphant et son maître sont comme deux âmes sœurs, expliqua-t-il. Ils dépendent l'un de l'autre. Ils sont inséparables et resteront ensemble toute leur vie.

D'un geste machinal, elle défroissa son jodhpur.

— J'imagine difficilement un animal domestique d'une telle taille ! Des chiens, des chats, oui... mais un éléphant ?

Luke renversa la tête en arrière pour rire.

— Pourquoi pas ? Les éléphants sont des créatures très sociables. Ils ont la notion de la famille et sont très patients avec leurs petits ; non seulement les leurs, mais aussi ceux des autres mères du troupeau. Celui-ci doit considérer le fils de ce paysan comme l'un des siens.

Selina était sensible à la chaleur de la main de Luke sur la sienne. Il y eut un court silence.

— C'était une scène attendrissante. Je suis heureuse et rassurée de savoir que cet homme n'était pas un espion.

Il haussa un sourcil inquisiteur.

— Ah, oui... En effet, Narayan est revenu satisfait de sa conversation avec lui.

Kunwar Singh les croisa. Il descendait vers la rivière, muni d'un grand sac en papier.

— ... Ce doit être du riz, constata Luke. Si on lui pose des questions, le paysan répondra qu'il a rencontré un groupe de riches Américains. Il vantera notre générosité.

Luke resserra légèrement son étreinte en arrivant près des hommes, puis la relâcha. Selina comprit tout de suite son intention : c'était simplement une manière de montrer ouvertement leur statut de mari et femme... Ce geste était uniquement destiné à satisfaire les soupçons éventuels de leurs compagnons.

Les deux mules avaient été chargées. Narayan s'approcha de la voiture et de la jeep avec un trousseau de clés. Luke posa le chien et alla le rejoindre.

La jeep disparut la première, conduite par l'un des nouveaux arrivants. Selina, vaguement inquiète, se demanda ce qu'ils allaient en faire. Elle chassa cette pensée de son esprit : Luke et Narayan s'étaient sans doute arrangés pour s'en débarrasser discrètement. C'était dans leur intérêt, après tout, comme dans le sien... Elle soupira en voyant s'éloigner la petite voiture de Luke... Ce serait dommage de ne plus pouvoir voyager avec lui... Cette pensée l'agaça. Elle s'en voulait d'y attacher de l'importance. Luke serait là. Il se comporterait de temps en temps en mari attentif... Elle s'en contenterait aisément...

Il s'approcha de la jeune fille pour lui tendre un vieux chapeau fripé, de couleur kaki. Il était beaucoup trop grand pour Selina. Cependant, elle parvint à le maintenir sur sa tête après y avoir enfoui ses cheveux. Il l'aida à monter sur son poney et régla la longueur des étriers. Puis il enfila un blouson et accrocha un appareil-photo autour de son cou.

— Cela fait partie du déguisement, déclara-t-il en guise d'explication.

La petite colonne s'ébranla. Narayan avait pris la première place, suivi des deux Indiens qui conduisaient les mules. Kunwar Singh mènerait le poney de la jeune fille.

— Ça va? Vous êtes bien installée? s'enquit Luke.

Elle sourit.

Oui!

Elle était surexcitée. Luke claqua des doigts. Noirot lui emboîta le pas.

Ils longèrent la rivière, arrivèrent devant la cascade, puis empruntèrent un chemin escarpé traversant la forêt. Selina jeta un dernier coup d'œil sur la vallée... L'expédition commençait enfin!

7

Pendant plusieurs jours, Selina fut trop lasse pour réfléchir. Elle tombait presque dans les bras de Luke, quand il venait l'aider à descendre de son poney lors des haltes.

Tous ses muscles étaient endoloris. Jamais elle ne s'habituerait aux pénibles efforts requis dans cette expédition en montagne ! Pour monter, elle était obligée de se pencher vers l'avant et de s'accrocher à sa selle, afin de ne pas tomber à chaque pas. Ses oreilles bourdonnaient, résultat des changements d'altitude... Elle n'osait plus regarder autour d'elle : un seul coup d'œil en direction des précipices lui donnait le vertige. Les minuscules glissements de terrain qui suivaient le passage de la colonne faisaient battre son cœur. Pourtant, une fois, un de ces éboulements lui avait sauvé la vie. Dérangé dans son sommeil par les mules, un lézard venimeux avait surgi devant la jeune fille. Ses écailles noires brillaient sous le soleil. Il dardait sa langue fourchue, prêt à bondir. Heureusement, au même instant, une pluie de pierres avait dévalé la pente, atteignant l'animal à la tête et le tuant sur le coup.

Selina avait eu beaucoup de mal à vaincre sa terreur... Les descentes exigeaient un tout autre effort. Les cuisses serrant les flancs de son poney, elle devait arquer le dos le plus possible pour faire contrepoids.

Un col, deux cols, trois cols... Monter, descendre, monter, descendre... L'esprit embrumé, Selina s'accrochait avec acharnement à sa monture. Les kilomètres se succédaient... Tous les matins, le guide et ses hommes partaient devant pour installer le camp. Luke rejoignait Narayan à intervalles réguliers pour discuter à voix basse. Cependant, la plupart du temps, il s'arrangeait pour rester près de Selina et de Kunwar Singh. Celui-ci semblait infatigable, comme les *paharis,* les hommes de la montagne. Dès leur arrivée, il s'activait autour du feu pour préparer le repas du *sahib* et de sa *memsahib.*

Selina éprouvait toujours un immense soulagement en apercevant les tentes. Luke la prenait dans ses bras et la transportait jusqu'au feu, avant de l'aider à s'enrouler dans une couverture. Pas une fois elle ne s'était plainte. Luke lui avait déclaré un jour que sa place n'était pas ici. Elle l'avait assuré du contraire. C'était maintenant à elle de prouver ses capacités de résistance. Malheureusement, ses longs silences et son air hagard la trahissaient... Ils ne se querellaient jamais. Ils ne riaient pas ensemble non plus. Luke la surveillait à tout instant, les lèvres pincées, le regard préoccupé. Quand, par miracle, Selina parvenait à réfléchir un peu, elle était certaine qu'il regrettait de l'avoir emmenée...

Pourtant, il ne cessait de lui redonner du courage. Il se montrait patient et attentif. Affaiblie, épuisée, Selina était devenue très dépendante de lui. Ils auraient pu être réellement mari et femme... Mais il n'existait entre eux aucun sentiment profond. Humain, efficace, imperturbable, Luke s'occupait

93

d'elle du matin au soir. Elle se laissait faire, reconnaissante.

Le soir, elle arrivait à se détendre un peu. Réconfortée par la présence du chien confortablement installé sur ses genoux, elle contemplait le coucher du soleil. Tout était paisible, silencieux. Elle demeurait parfaitement immobile : au bout d'un certain temps, ses muscles douloureux cessaient de protester. Luke et Narayan conversaient à voix basse, pendant que Kunwar Singh leur servait un repas copieux. Ils lui jetaient parfois un coup d'œil rapide, anxieux de savoir si elle mangeait suffisamment. Après le dîner, Kunwar s'en allait avec le chien. Narayan se réfugiait sous sa tente. Luke aidait la jeune fille à s'allonger sur sa couverture et, jusqu'à la tombée de la nuit, il massait doucement ses membres crispés par l'effort.

Ces quelques minutes passées sous le ciel étoilé de l'Himalaya avaient forgé entre Luke et Selina un lien solide. Un soir, Selina avait saisi la main de son compagnon pour lui confier en soupirant :

— Luke... Vous êtes un homme bon.

— Quelle drôle d'idée ! En général, on m'accorde une tout autre réputation. Je ne m'attendais pas à un tel compliment de votre part.

Selina avait fermé les yeux.

— Je suis tout à fait sincère.

La nuit tombée, il la transportait jusqu'à son petit lit de camp sous la tente. Selina s'endormait aussitôt et ne se réveillait plus avant le petit matin, quand Luke lui apportait sa tasse de thé.

Puis, un jour... enfin !... elle se réveilla toute seule. Immobile dans la pénombre, elle écouta le chœur des oiseaux annonçant l'aurore. Elle éprouvait une étrange sensation. Ses forces s'étaient renouvelées, comme au premier jour de leur expédition. Elle remua les jambes... Ses muscles répondaient ! Son

94

organisme commençait à s'adapter à cette nouvelle vie ! D'ici un ou deux jours, elle serait tout à fait habituée à cette pénible routine. Elle pourrait enfin prouver à Luke...

Elle tressaillit. Un léger mouvement au pied de son lit attira son attention. Elle entendit un long soupir... Elle se redressa sur un coude et aperçut la forme sombre d'un duvet sur le sol.

Luke ! Ainsi, il partageait sa tente, comme il le lui avait promis. Selina ne s'en était jamais rendu compte avant aujourd'hui. Cependant, elle n'en fut pas irritée. Au contraire, la présence de cet homme à ses côtés la rassurait. Il prenait soin d'elle et la surveillait jour et nuit.

Une sensation étrange s'empara de tout son être. Elle contempla le visage endormi de Luke. Ses traits étaient détendus. Une mèche blonde barrait son front. Elle se pencha un peu plus. Cet homme... cet inconnu qu'elle connaissait depuis deux semaines à peine était devenu le plus précieux de ses amis.

D'un geste spontané, elle tendit la main pour repousser ses cheveux mais se retint juste à temps. Vaguement mal à l'aise, elle se frotta l'avant-bras sur ses draps. Elle n'avait pas le droit de le toucher. D'ailleurs, pourquoi en avait-elle envie ? Pourquoi ce soudain désir de le voir éveillé... Allongé à ses pieds, il la contemplerait de son regard gris et limpide...

Elle sortit précautionneusement de son lit et enfila son jodhpur et une des vestes de Luke. Après avoir enfilé ses chaussures dans l'obscurité, elle sortit, à pas feutrés. Dehors, l'air était froid, pur et merveilleusement revigorant. Elle prit une longue inspiration et s'étira. Comme c'était bon de vivre ! Les dernières étoiles s'estompaient les unes après les autres dans le ciel. Les oiseaux chantaient de plus en plus fort. Derrière les collines, les premières lueurs orangées du matin surgissaient. A quelques mètres de là, l'un des hommes de Kunwar Singh alluma le feu.

Le serviteur de Luke se précipita vers elle tout en fixant son turban sur sa tête.

— *Memsahib!* Vous vous levez trop tôt! Asseyez-vous!... Non, pas sur le sol! Il est encore humide de rosée. Je vous prépare du thé tout de suite. Je n'en ai pas pour longtemps.

Il remplit la bouilloire d'eau potable et la posa sur un réchaud à gaz.

Kunwar Singh adoptait toujours une attitude très paternelle à l'égard de la jeune fille. Selina l'aimait beaucoup. Que pensait-il de l'excentricité de son maître? De la façon dont Luke avait recueilli cette « épouse », lui offrant ses propres vêtements et l'emmenant aussitôt dans cette expédition? Le serviteur demeurait d'une discrétion exemplaire. Luke et Narayan lui accordaient toute leur confiance. Il connaissait probablement le but réel de cette mission... En tout cas, il en savait plus qu'elle...

Ayant refusé de s'asseoir, Selina lui adressa un large sourire puis alla faire quelques pas dans la forêt. Elle ne s'aventura pas trop loin, cependant, car il faisait encore sombre.

En revenant dans la clairière, elle aperçut Luke. Il était en train de se raser. Narayan s'était levé, lui aussi. Il s'occupait de remplir un bidon d'eau de source pour ses ablutions matinales. Elle se sentit mal à l'aise. Elle n'avait pas l'habitude de se promener si tôt le matin, et avait l'impression de les gêner. Elle se détourna. Peut-être ferait-elle mieux d'aller voir son poney?

— Selina!

Elle s'immobilisa.

— .. Revenez ici tout de suite!

Elle rejeta les épaules en arrière. Pour la première fois depuis des jours et des jours, elle se sentait en pleine forme. Au lieu d'apprécier ses efforts, Luke la traitait comme une petite écolière incapable de se défendre toute seule ! Elle s'avança vers lui, furieuse.

— Pourquoi êtes-vous fâché ? lui demanda-t-elle sèchement... Parce que je ne m'accroche pas à votre bras comme une invalide ?

Luke s'esclaffa.

— Si la mauvaise humeur est un signe de convalescence, vous êtes sur la bonne voie.

Il rangea son rasoir et leva les yeux sur elle.

— ... Ah ! Voilà mon pull-over !

— Ah... euh...

En un éclair, elle revit son visage reposé par le sommeil, la pénombre dans la tente. Elle se souvint de son désir de lui caresser le front. Elle se détourna brusquement.

— Je suis désolée. Vous dormiez profondément. J'ai pris le premier chandail sous la main. Je vais me changer tout de suite.

— Laissez cela. Venez prendre le thé.

Il prit un des gobelets des mains de Kunwar Singh et le lui offrit. Puis il l'examina attentivement. Son regard s'attarda sur ses cheveux mal peignés, son teint cuivré... les yeux brillants, la démarche plus assurée...

Selina baissa la tête, gênée.

— Vous craignez de ne pas me reconnaître lors de notre prochaine rencontre ?

— C'est exact. Votre agressivité le confirme : vous allez beaucoup mieux.

Il la contempla par-dessus le bord de sa tasse, moqueur.

— ... Je suis heureux de vous voir de retour, Miss Roxley !

Il avala le liquide brûlant d'un seul coup et rendit son gobelet à Kunwar Singh.

— ... Surtout ne vous approchez pas des *paharis* et de leurs mules.

Elle redressa la tête.

— Pourquoi ?

Il haussa les sourcils.

— Pourquoi posez-vous toujours des questions ?

— Vous énoncez vos ordres comme s'il s'agissait de la parole divine. J'ai le droit de recevoir des explications.

Elle but une gorgée de thé.

— Très bien. A cause des puces.

Selina faillit s'étrangler.

— Des puces ?

— Exactement. *Pulex irritans.* C'est tout simple. Si vous ne voulez pas passer votre temps à vous gratter et à inspecter vos vêtements, prenez vos précautions.

Il saisit le gobelet de Selina et le posa à côté d'elle.

Horrifiée, bouche ouverte, elle le dévisageait. Luke ne put s'empêcher de rire devant son expression atterrée. Il prit son visage entre ses mains. Selina se raidit imperceptiblement, puis se détendit, elle aussi. Elle appuya sa joue contre la poitrine de Luke.

— Vous plaisantez, une fois de plus. Je n'arrive jamais à savoir si vous parlez sérieusement ou non.

— Je me moquais un peu de vous, c'est vrai. Quand je vous vois prendre ces allures de jeune fille choquée, je n'y résiste pas. Cependant les puces s'attrapent facilement, *liefje.*

Elle grimaça.

— ... Petite sotte ! Ce ne serait pas la fin du monde ! Je vous conseille simplement de faire attention.

Il la poussa gentiment vers la tente.

— ... A présent, allez vite vous habiller. Et...
Ohé !...

Selina passa la tête sous le pan de la tente.

— ... N'oubliez pas de me rendre mon pull-over !

Selina secoua tous ses vêtements et les inspecta
soigneusement avant de les remettre. Pourtant l'idée
d'avoir des puces avait dû la marquer. Ils étaient à
peine partis, qu'elle sentit des picotements ici et là.
Elle dut résister à son envie de se gratter. Luke
marchait juste derrière elle. Il éclaterait de rire.

Cependant, elle oublia rapidement ses soucis. Ils
arrivaient à la crête d'une colline. Elle ne put
réprimer un cri d'émerveillement. L'air de la montagne était d'une pureté extraordinaire. De l'endroit où
ils se trouvaient, on voyait des rangées de pics se
dresser vers le ciel à perte de vue. Les forêts denses
et sombres des collines se fondaient avec les rochers
bleutés qui, à leur tour, cédaient la place à la neige.

C'était un spectacle émouvant, grandiose... Selina
se sentait minuscule, tout d'un coup. Elle avait
l'impression d'être une petite fourmi. Reprenant son
souffle, elle se tourna à moitié sur sa selle, les yeux
brillants d'excitation.

— Luke... c'est... c'est incroyable ! Sans vous, je
n'aurais jamais pu contempler de telles beautés !

Il s'approcha d'elle en une longue enjambée.

— La vue est belle, d'ici, c'est vrai. Mais vous
n'apercevez qu'une toute petite partie de cette chaîne
de montagnes.

— A quelle altitude sommes-nous ?

— Nous ne sommes pas très haut, Selina. Peut-
être à deux mille mètres. Pour les indigènes, ces
régions de Gharwal et de Kumaon sont encore très
basses. Nous sommes loin, très loin d'atteindre les
sommets de l'Everest.

— Ces pics, là-bas, sont-ils plus hauts ?

— A mon avis, environ trois mille mètres. Nous n'irons pas au-delà.

— Luke...

Elle hésita un court instant.

— ... Où allons-nous, exactement ?

Il ne répondit pas tout de suite. Le regard lointain, il contemplait les montagnes. Ils avaient parcouru un long chemin déjà et avaient partagé toutes sortes de joies et de difficultés. Ne lui faisait-il pas confiance ? Apparemment, non... Il éluda sa question :

— Il nous reste encore de nombreux kilomètres à faire. Cela vous paraîtra moins pénible, maintenant. Votre organisme s'est bien adapté aux rudes conditions de vie.

Les doigts de Selina se crispèrent sur ses rênes.

— Je ne me plaignais pas.

— Non, je sais ce que vous me demandiez. Malheureusement, je ne peux pas vous répondre. Pas encore...

Il posa une main sur le genou de la jeune fille. Elle tira sur les rênes. Le poney se mit à avancer.

— Si vous n'avez pas confiance en moi, explosa-t-elle, dites-le-moi franchement ! Depuis le début, je...

— Pour l'amour de dieu, Selina ! Taisez-vous ! Il fait beaucoup trop beau aujourd'hui pour discuter.

Il la dévisagea, une lueur pétillante d'humour au fond des yeux.

— ... Au début, nous avions des doutes. Nous nous demandions si cet accident n'avait pas été inventé de toutes pièces. Nous avons mené notre enquête, vous savez...

Que cherchait-il ? Voulait-il provoquer un sursaut de colère, ou la faire rire ? De toute façon, sa tentative était un échec. Selina s'en voulait de ne pas réagir. Peut-être n'était-elle pas encore tout à fait guérie... Elle avait un seul désir : connaître les joies et les soucis de Luke.

Son souhait devait se lire sur sa figure : l'expression de Luke changea aussitôt.

— Je vous avais prévenue avant de partir. En aucun cas vous ne serez mêlée à cette affaire. Nous avons fait de notre mieux pour vous protéger, mais notre mission risque encore d'échouer. Moins vous en saurez, plus vous aurez de chances de vous en sortir sans douleur.

Le visage de Luke s'éclaira brusquement.

— ... Pensez un peu à vous. Profitez de toute cette beauté. Vivez au jour le jour et oubliez le reste.

Il se tut un instant, puis reprit lentement.

— ... Je vous le promets, Selina. Tout ira bien pour vous. Vous m'avez compris ? Si je ne m'en tire pas personnellement, un autre de mes hommes s'occupera de vous. Je vous le garantis, *liefje*.

Selina ne s'était pas attendue à une telle déclaration. Surprise, choquée, elle enfonça ses talons dans les flancs du poney. Elle ne voulait pas montrer à Luke sa consternation.

Uniquement préoccupée par ses problèmes personnels, elle n'avait pas songé un instant que Luke encourait de grands risques.

Car le danger existait... « Si je ne m'en tire pas personnellement »... « Si je ne... » ...

Luke ferait tout son possible pour la défendre, peut-être même au détriment de sa propre sécurité ! Quels périls cette mystérieuse mission pouvait-elle receler ? Luke n'y survivrait peut-être pas... Pourtant, elle n'avait aucun espoir de le convaincre de revenir sur ses pas. Il ne lui dévoilerait pas son secret. Elle ne pourrait pas le dissuader de mener à bout ses idées...

Bouleversée, Selina s'éloigna rapidement sans

regarder derrière elle. Les pensées se bousculaient dans son esprit... Jusque-là, elle avait toujours agi en petite fille égoïste et gâtée. Depuis la mort de son père, les problèmes des autres l'avaient laissée indifférente. Aujourd'hui, elle découvrait tout d'un coup combien l'amitié de Luke Van Meer lui était précieuse. Non seulement cet homme l'avait sauvée des griffes de ses tyrans, mais en plus, il lui avait offert son affection. Avec lui, elle avait retrouvé la notion de liberté. Cependant, un avenir sans Luke serait triste et aride...

Le soleil brillait très haut dans le ciel. Quelques vautours se laissaient flotter au gré des vents avant de plonger vers la terre. Ils avaient gravi un col et redescendaient vers une vaste étendue d'herbes, de ronces et de rochers volcaniques. Il était un peu plus de trois heures. Les ombres s'allongeaient. Luke et Narayan donnèrent l'ordre de s'arrêter.

Selina se laissa glisser à terre dans les bras de Luke. Elle avait l'impression de l'avoir toujours connu... Elle vacilla et s'appuya sur son torse, les yeux fermés. Comme elle était bien ! En quelques instants, elle oublia toutes les pensées sombres qui l'assaillaient depuis des heures. Elle poussa un profond soupir.

Comment l'appelait-il, déjà ? Ce mot étrange, prononcé d'une voix grave... *liefje*... Luke le répétait souvent. Ce matin, pourtant, Selina avait cru déceler une nuance un peu différente dans sa voix... Elle lui demanderait la signification de ce surnom. Cependant, elle ne se contenterait pas d'une simple traduction. Elle voulait savoir ce qu'il ressentait au fond de son cœur.

S'accrochant à sa chemise, elle s'approcha de lui, ignorant l'appareil-photo qui ne le quittait jamais. Elle renversa la tête en arrière, prête à chuchoter sa question. Malheureusement, elle n'eut pas le temps de la formuler. D'un geste brutal, Luke la repoussa. S'il n'y avait pas eu le poney, juste derrière elle, elle serait tombée.

— Changement de tactique ? railla-t-il d'un ton sec.

Selina avait l'impression d'avoir reçu une gifle. Peinée, elle étouffa un petit cri de surprise.

— Pardon ? Quelle tactique ? De quoi parlez-vous, exactement ?

Jamais elle ne comprendrait comment il pouvait changer ainsi d'humeur.

— Allons, Selina ! Cessez de jouer les petites filles naïves ! Vous avez passé la matinée à bouder, parce que j'avais refusé de répondre à vos questions. Si vous croyez réussir à me faire parler en me séduisant, vous vous trompez. Je vous expliquerai le but de cette mission en temps voulu. Pas avant.

— Quoi ?

Ses joues s'enflammèrent. Elle était ivre de rage. Il n'avait rien compris ! Rien !

— ... Vous êtes un grossier personnage ! Je ne boudais pas ! J'avais chaud, j'étais fatiguée. En général, vous me redonnez un peu de courage. A l'avenir je tâcherai d'être plus indépendante.

Les mains sur les hanches, Luke la dévisagea. Il plissa les yeux. Vaincue, elle se détourna en crispant les poings. Elle rassembla les rênes du poney et lui donna un grand coup sur le flanc. Caramel s'en fut aussitôt manger une touffe d'herbe fraîche.

— ... Vous pouvez faire ce que vous voulez ! Cela m'est complètement indifférent. Je tiens à une seule chose : rentrer chez moi, en Angleterre.

Son mensonge l'étouffait. Elle se dirigea au pas de course vers un énorme rocher et se laissa choir sur le sol. Elle cligna des yeux... Non... Elle n'allait pas pleurer !… Noirot la rejoignit en aboyant, la langue pendante. Selina aurait pu aller lui chercher de l'eau, mais elle n'en avait pas le courage. Cette scène l'avait bien trop bouleversée.

Sa propre sécurité lui importait peu. Elle était inquiète pour Luke. Mais comment le lui expliquer ? Il avait interprété son élan d'affection comme une bassesse typiquement féminine… Luke l'accusait à demi-mot de lui faire des avances ! Elle n'en croyait pas ses oreilles… Luke, entre tous… La seule personne en laquelle elle avait confiance ! Selina avait l'impression d'avoir reçu une flèche en plein cœur.

Kunwar lui apporta une assiette de nourriture et une boisson fraîche. Il donna une gamelle d'eau à Noirot. Elle grignota sa pomme et but son citron pressé d'un seul coup. Luke et Narayan s'étaient installés à l'ombre d'un rocher non loin de là, et discutaient devant une grande carte étalée sur le sol. Elle les observa de loin…

Luke leva les yeux vers elle. Elle détourna ostensiblement la tête et feignit de s'intéresser à un papillon multicolore… Quelle jolie créature, si fragile, si gracieuse ! Selina se frotta les yeux du revers de la main.

Elle parvint à rattraper son poney et à l'enfourcher avant que Luke ne vînt l'aider. Elle éprouva la plus vive satisfaction en le voyant hausser les sourcils de surprise. Elle apprécia beaucoup moins la lueur moqueuse au fond de ses yeux gris… Elle donna un grand coup de cravache au poney et s'en fut au galop.

C'était un geste puéril. Selina en était tout à fait consciente. Il faudrait qu'elle fasse la paix avec Luke tôt ou tard, sinon la vie deviendrait intolérable. Mais, pour l'instant, elle avait besoin d'un peu de tranquillité.

Le sentier la conduisit bientôt vers une forêt de

104

rhododendrons. Certains d'entre eux atteignaient une hauteur vertigineuse. Les grosses fleurs roses allaient éclore bientôt... Le sentier de terre céda la place à une route goudronnée encerclant la vallée par le côté est. La surface grise était érodée par le temps, mais elle était tout de même plus lisse et plus large... Ils n'étaient plus obligés d'avancer en file indienne.

Selina sentit la présence de Luke derrière elle. Il avait sans doute l'intention de marcher à ses côtés. Cependant, le petit groupe dut se serrer près du fossé pour laisser passer plusieurs *paharis* lourdement chargés. Ces habitants de la montagne étaient trapus et forts. La peau de leur visage était desséchée par le soleil et l'air pur. L'un d'entre eux portait un immense panier en forme de cône, accroché à son front par une bandelette de cuir. Selina admira la puissante musculature de deux adolescents, ployant sous le poids de leur charge.

Narayan engagea la conversation avec un des hommes les plus âgés. Il héla Luke. Tout le monde s'arrêta. Luke offrit à chacun de ces inconnus une cigarette. Puis ils poursuivirent leur chemin. Selina se retourna à moitié sur sa selle pour les voir partir. Le dernier de la colonne se retourna, fit un grand geste d'adieu, et lui adressa un large sourire.

Elle était suffisamment près de Luke pour l'entendre confier à Narayan.

— Si le Bhutia n'a pas encore commencé ses échanges, les prévisions de Ben Sala sont exactes. A mon avis, nous avons encore un ou deux jours devant nous.

Il s'isola avec son compagnon pour continuer la conversation... Des mystères, des mystères, toujours des mystères ! Selina en avait assez ! Pour la première fois depuis le début de cette expédition, Luke la laissait continuer toute seule... Tant mieux, après tout ! Elle avait tenu à lui affirmer son esprit d'indépendance le matin même. Il l'avait prise au sérieux…

Elle réfléchissait encore là-dessus quand elle s'éloigna du camp installé dans une clairière dominant un village. Elle allait se rafraîchir un peu. La journée avait été longue et chaude… Jusque-là, Luke avait toujours choisi pour elle un coin à l'écart, où elle pourrait être tranquille. Mais aujourd'hui, il était debout devant l'une des tentes. Il discutait encore avec Narayan. Sans doute établissaient-ils de nouveaux projets en fonction des renseignements donnés plus tôt par les *paharis*… Saisissant sa valise, Selina en sortit ses affaires avant d'aller se réfugier derrière des buissons.

Cependant, un murmure d'eau courante l'attira un peu plus bas. Elle s'aventura un peu plus loin et découvrit un ruisseau. L'endroit était magnifique, bien caché dans les arbres. Elle se déshabilla en un clin d'œil et plongea, savourant les bienfaits de l'eau glaciale.

Détendue, reposée, elle se frotta vigoureusement et enfila ses vêtements. Brusquement, elle se raidit. Elle avait quelque chose sur le bras… une forme allongée, de couleur sombre, un peu gluante… Elle voulut l'enlever à l'aide d'une brindille… Rien à faire…

En proie au vertige, affolée, elle remonta en titubant vers le camp.

— Luke… gémit-elle faiblement.

Il se tourna vers elle et étouffa un juron en voyant son petit visage défait. Elle lui montra son bras.

Il ne put réprimer un soupir de soulagement.

— Ah… Ce n'est rien. C'est une sangsue.

Il ouvrit une grande boîte en fer-blanc et en sortit un flacon de sel. La sangsue se recroquevilla sur elle-même, puis tomba.

— J... Je... Je n'ai pas été empoisonnée, j'espère ?

— Ne vous inquiétez pas. Il n'y a aucun danger. Nous allons tout de même vérifier si vous n'en avez pas rapporté d'autres.

Il la conduisit sous sa tente et l'examina attentivement. Enfin, satisfait, il nettoya sa blessure.

Selina frémit.

— C'était horrible...

Elle éclata en sanglots. Luke la prit dans ses bras.

— ... Oh, Luke, je suis désolée ! Pour ce matin et... et maintenant...

Il la repoussa doucement et plissa le front, faussement sévère.

— Si jamais vous recommencez, je vous donnerai de quoi pleurer !

Du revers de la main, il essuya les larmes de la jeune fille.

Elle sourit, heureuse. Ils étaient de nouveau bons amis.

8

Deux jours plus tard, ils s'installèrent pour la nuit au bord d'une rivière. Ils avaient évité de passer par le village un peu plus haut. Seul, Kunwar Singh avait eu l'autorisation de s'y rendre pour compléter leurs provisions. Il était revenu avec des œufs, un poulet et un morceau d'agneau.

Selina n'était pas complètement satisfaite, mais s'efforçait de vivre au jour le jour. Elle avait cessé de s'inquiéter de son apparence physique et ne se maquillait plus du tout. Elle se sentait en pleine forme. Luke était très attentif à ce qu'elle pouvait manger ou boire. Il insistait pour lui donner divers cachets. Elle avait ainsi résisté à tout microbe susceptible de l'affaiblir. Ses contusions étaient guéries, son teint avait acquis une belle couleur cuivrée. Ses grands yeux violets brillaient du matin au soir. Elle avait retrouvé sa grâce et son allure un peu hautaine d'autrefois.

Elle ne mettait plus sa montre, préférant vivre à l'heure du soleil. Le temps n'avait plus aucune signification dans l'immensité de l'Himalaya.

Luke était d'humeur égale. Elle avait dû dramatiser en imaginant tous les risques qu'il pouvait encourir... Peut-être avait-elle simplement exagéré l'importance de ses paroles?

Elle était en train de faire sécher ses cheveux près du feu. Elle venait de se baigner dans l'eau pure et froide de la rivière... C'était sans doute cela! Elle avait mal interprété ses déclarations. Il avait probablement voulu lui dire qu'il serait trop occupé pour la ramener personnellement en Angleterre...

Si seulement elle pouvait lui poser la question, lui demander de l'éclaircir sur cette remarque! Mais Selina n'osait pas aborder ce sujet. En aucun cas, elle ne voulait gâcher leur entente. Elle était beaucoup plus indépendante, à présent. Pourtant, Luke n'était jamais loin... Sa présence lui était devenue indispensable. La certitude d'être un jour séparée de lui assombrissait son avenir. La pensée de le perdre lui faisait peur et l'obsédait.

Selina posa sa serviette de bain à côté d'elle et saisit un peigne. Elle fit une raie à partir du milieu de son front et démêla ses cheveux... Selina s'était penchée en avant pour profiter le mieux possible des flammes vacillantes... Brusquement, Noirot bondit sur ses pattes, la bouscula et s'en fut en aboyant. Selina jeta un coup d'œil par-dessus son épaule.

Un groupe formé d'environ six personnes suivies de plusieurs porteurs lourdement chargés remontait de la rivière. Leurs silhouettes se dessinaient nettement contre le ciel rougeoyant.

Luke et Narayan échangèrent un regard. Ils se levèrent immédiatement et rangèrent leurs cartes et papiers. Tous deux se dirigèrent vers les nouveaux arrivants. De l'endroit où elle se trouvait, Selina crut reconnaître des femmes... des Européennes... Surprise, mal à l'aise, elle alla se réfugier sous sa tente.

Pendant plusieurs minutes, elle demeura sur son lit. Que devait-elle faire? Luke attendait-il un comportement particulier de sa part ? Allait-il l'appeler ? Serait-elle obligée d'affronter ces inconnus ? Elle se mordit la lèvre, perplexe. Les bruits de pas se rapprochaient. Les voix s'accentuaient...

Puis elle entendit celle de Luke, claironnante, teintée d'une mollesse typiquement nord-américaine.

Curieuse, Selina risqua un coup d'œil au-dehors. Elle n'en croyait pas ses oreilles ! Luke acceptait leur invitation d'aller les voir quand ils se seraient installés pour la nuit ! Elle eut un mouvement de recul... Pourvu que personne ne l'ait remarquée ! Elle n'avait aucune envie de les accompagner !

Ses espoirs furent de courte durée. La conversation se poursuivit encore un peu, ponctuée çà et là de rires joyeux. Puis les voix s'estompèrent... Quelques pierres roulèrent sur le chemin, les bruits de pas s'éloignèrent. Luke siffla son chien et vint la rejoindre.

— Inutile de vous cacher, déclara-t-il. Ils ont repéré votre manège et les femmes sont curieuses. Je leur ai expliqué que vous veniez de vous laver les cheveux et que vous n'étiez pas présentable. Cependant, elles tiennent à faire votre connaissance. Vous allez devoir venir avec nous tout à l'heure.

Selina le dévisagea, désemparée.

— J'y suis vraiment obligée ?

— Ce serait mieux. Nous éviterions ainsi les commérages et les indiscrétions. Allons, Selina ! Vous jouerez ce rôle à merveille. Mettez vos plus beaux atours, retrouvez vos allures de femme du monde ; tout ira bien.

— Comme vous voudrez... Mais cela va être horrible. De quoi allons-nous parler ? Que puis-je dire ? Que dois-je cacher ? Qui sommes-nous et pour...

— Habillez-vous. Nous en reparlerons pendant le repas.

Selina revêtit son pantalon et une jolie veste de laine. Puis elle se résolut à appliquer une légère touche de maquillage sur son visage. Sa main tremblait un peu, mais le résultat final lui parut satisfaisant. Ayant rassemblé ses cheveux sous une écharpe en soie, elle enfila sa peau de mouton et sortit rejoindre ses compagnons.

Elle se sentait très habillée... C'était absurde. La lueur admirative dans le regard de Luke ne lui rendit aucune confiance.

— Vous n'avez rien de mieux à mettre ? lui demanda-t-elle d'un ton brusque.

— Bravo, jeune fille !

Son visage s'éclaira d'un large sourire.

— ... Venez vous asseoir sur cette caisse. Ainsi, vous ne risquerez pas de vous salir. Narayan et moi nous arrangerons un peu après le dîner. Nous tâcherons de vous escorter dignement.

— Ne vous moquez pas de moi !

Elle se laissa tomber sur sa boîte.

— ... Je suis terriblement anxieuse.

— Quelques conseils maintenant, un peu de tact tout à l'heure, et le tour sera joué. Ce n'est pas la fin du monde, tout de même. Nous ne resterons pas longtemps. Nous leur rendons une visite de courtoisie afin de satisfaire leur curiosité. Par la même occasion, nous tâcherons de glaner quelques informations utiles. C'est simple, non ?

Elle soupira.

— Oui...

Kunwar lui tendit une assiette de curry. Elle l'accepta avec un sourire reconnaissant.

— Voici le scénario, Selina. Je suis pharmacologue. J'effectue une série de recherches en Inde, concernant l'effet de certaines drogues sur l'organisme. J'ai dû me rendre à Londres en début d'année pour une conférence mondiale... Connaissez-vous Londres ?

— Pas très bien. J'y suis allée une ou deux fois seulement. Mon père avait une grande propriété dans le Hampshire. Il m'y a emmenée avec lui, car il avait des affaires à régler là-bas.

— Parfait. Ça suffira.

Il tendit son assiette vide à Kunwar.

— ... Bien. Nous nous sommes rencontrés à Londres. Au cours d'une soirée, par exemple, offerte par des amis communs. Le coup de foudre... Nous nous sommes mariés du jour au lendemain et je vous ai emmenée avec moi. Nous n'avons pas eu le temps de faire un voyage de noces. De retour à Delhi, Narayan m'a proposé une courte expédition dans les montagnes. Il a décidé de tout organiser, car je n'avais guère l'esprit à m'occuper des détails.

Il s'esclaffa.

— ... Ce cher Narayan... Il est très respectueux des lunes de miel, précieuses aux Occidentaux... A votre avis, Selina, cette histoire suffira-t-elle ?

— Euh... sans doute, oui...

Elle se tourna vers Narayan.

— ... Et monsieur Narayan ? Qui est-il ?

— Je suis l'associé du docteur Van Meer. J'ai été désigné par mon gouvernement pour lui faciliter sa... ses recherches. Un officier de liaison, si vous voulez.

— Un ami, aussi, intervint Luke... Avez-vous tout enregistré ? Votre présence parmi nous est inventée de toutes pièces, mais le reste est relativement vrai. Contentez-vous de jouer les jeunes mariées très amoureuses. Un peu naïve et réservée.

Il haussa un sourcil, ironique.

— ... Ouvrez vos grands yeux, battez des cils

comme vous savez si bien le faire. Ils éviteront de vous poser trop de questions.

Les deux hommes s'occuperaient des situations plus délicates. Ils s'apprêtaient à aller se changer, quand une pensée traversa subitement l'esprit de Selina.

— Luke... Je devrais porter une bague. Si ces femmes sont européennes, elles s'attendront à voir sur mon doigt une alliance.

— C'est vrai ! Je n'y avais pas songé. Vous en avez avec vous ?

— J'en portais une ou deux dans l'avion. Mais je les ai enlevées au bungalow... Ah si ! Je m'en souviens, à présent. Je les ai enveloppées dans un petit morceau de papier et rangées... dans... dans mon sac à main. C'est cela, dans mon sac à main !

Elle se précipita sous sa tente et fouilla toutes les pochettes intérieures de son sac. Enfin ses doigts tombèrent sur un minuscule paquet.

— ... Les voilà ! Ah ! J'ai aussi celle-ci. Je l'avais oubliée.

Elle lui montra un petit anneau serti de diamants. Luke émit un sifflement admiratif.

— Donnez-la-moi.

Il la glissa à l'annulaire gauche de la jeune femme. Ce geste la troubla. Gênée, elle se détourna.

— Ça ira, non ? Je veux dire...

— Oh, oui, parfait, railla-t-il... Un seul regard suffira. Ils seront tous convaincus que le marié a commis un hold-up dans une bijouterie...

Humiliée, peinée, elle releva la tête.

— Ça ira, oui ou non ?

Il plissa les yeux, menaçant. Selina reprit son souffle. Pourquoi était-il en colère ? Pourquoi ? Son cœur battait sourdement.

— ... Alors ? insista-t-elle.

Leurs regards se croisèrent, intenses. Sans réfléchir, Selina posa sa main sur la poitrine de Luke. Il scruta son visage... Elle ferma les yeux et attendit...

Qu'attendait-elle, au juste? Elle revint brusquement à la réalité.

— Qui vous a offert ce bijou?

— Mon père... Enfin, c'est... Elle appartenait à ma mère. Mon père me l'a donnée quand il m'a trouvée suffisamment grande pour en apprécier la beauté.

— Ça ira.

Il haussa les épaules et disparut sous sa tente.

Selina se laissa choir sur sa caisse, les épaules tassées. Son cœur battait moins vite. Elle se sentait vidée de toute émotion. Elle cacha sa main dans sa poche. Luke était tellement imprévisible! Un instant, il était doux et affectueux, l'instant d'après il devenait froid et calculateur... Quelle importance cela avait-il, après tout? Soupçonnait-il Henri Spencer de l'avoir inondée d'une pluie de cadeaux coûteux? La croyait-il capable d'accepter de tels présents? La prenait-il pour une de ces filles vulgaires et sans scrupule, qui se laissaient entretenir?

Ses joues étaient brûlantes. Elle était mortifiée... A deux reprises, Luke l'avait humiliée de la même manière... Deux fois, en quelques jours... Et elle n'avait plus le courage de se battre...

Le groupe d'Européens s'était installé un kilomètre en aval. La lune n'était pas encore levée. Kunwar Singh leur montra le chemin en éclairant leurs pas d'une lampe-tempête. Selina marchait entre Luke et Narayan. Noirot était sur ses talons. D'après la conversation de ses compagnons, elle apprit que le groupe était constitué d'un couple britannique, d'un zoologiste indien marié à une Danoise, et d'un photographe australien. Le zoologiste et le photogra-

114

phe travaillaient sur un projet pour la Fondation Mondiale de la Nature.

Une réunion très cosmopolite, songea la jeune fille tout en marchant. Elle s'armait de tout son courage. Non seulement elle serait obligée de faire preuve d'amabilité, mais en plus elle devrait feindre le grand amour avec Luke... Quelle farce ! Elle n'avait qu'une envie : aller se coucher. Ils approchaient du site choisi par leurs hôtes. Selina aperçut quelques silhouettes sombres évoluant devant le feu. La panique l'envahit... Elle laisserait à Luke le soin de faire les premiers pas.

Quelques personnes venaient à leur rencontre. Selina trébucha sur une pierre. Luke la rattrapa aussitôt et l'attira contre lui. Il pencha la tête vers elle, effleura son front du bout des lèvres et resserra son étreinte. Enfin, il l'obligea à lever les yeux vers lui.

— Ça va mieux ?

Elle acquiesça. Il ne faisait pas allusion à sa maladresse... Il lui caressa doucement la joue, puis l'entraîna vers les autres. Cette courte scène n'avait pas échappé aux regards curieux. Tout le monde souriait. Selina était trop heureuse pour y attacher de l'importance.

Elle serra la main de toutes les personnes présentes, tout en se demandant si elle parviendrait à retenir leurs noms. Luke l'avait simplement poussée en avant en disant : « mon épouse »... Bien sûr, il eût été imprudent de dire « Selina ». Ces touristes risquaient de prononcer son nom au hasard de leurs rencontres...

L'Anglaise, une petite femme trapue les invita à s'asseoir autour du feu.

— Malheureusement, nous n'avons pas assez de sièges pliants. Nous n'avons pas l'habitude de recevoir du monde, vous comprenez... Mettez-vous là, madame Van Meer. Je vais prendre ce coussin. Je suis accoutumée à ce genre de vie, vous savez.

Selina avait commencé par protester, mais Luke l'interrompit. Il se laissa tomber sur le sol, le dos appuyé contre une pile de cartons, et attira Selina à ses côtés. Prise de court, elle mit plusieurs minutes à se détendre. Elle avait les joues brûlantes. Tout le monde les contemplait, un sourire indulgent aux lèvres. Cependant, l'atmosphère était paisible. Selina succomba bientôt à la bonne humeur générale et se pelotonna contre Luke, prisonnière de ses bras.

— Nous n'avons pas grand-chose à vous offrir. Du thé, du café ou des jus de fruits. Que prendrez-vous ? Du café ! Très bien... Madho ?

Le serviteur émergea de l'ombre et hocha la tête en recevant les ordres de sa maîtresse. L'Anglaise se laissa choir sur son siège pliant, à côté de Selina, en poussant un soupir de satisfaction.

— Ah...

Tout le monde se mit à parler. Anxieuse d'éviter les questions gênantes, Selina s'adressa à son hôtesse.

— Vous parlez admirablement bien l'hindi, madame Martin. Séjournez-vous en Inde depuis longtemps ?

— Ma chère, je devais y être avant votre naissance ! Mon mari est médecin. Nous avons passé trente ans dans les centres médicaux du pays. A présent, nous sommes trop âgés pour rentrer. Jamais nous ne pourrions nous réadapter au climat humide de l'Angleterre ! Nous avons donc décidé de rester. Nous passons les mois d'hiver à Lucknow. En été, nous venons par ici. Nous avons une maison près d'Almora. Vous êtes peut-être passés par là ?

Attention ! songea la jeune fille.

— Non, je ne crois pas. Je ne suis pas tout à fait certaine.

— Ah ! Les tourtereaux s'arrangent pour éviter les villes. Vous avez bien raison. Où vous installerez-vous après votre voyage de noces ?

Selina jeta un coup d'œil en direction de Luke. Il était en train de vanter les mérites de son appareil-photo à l'Australien.

— A Delhi, je suppose. Enfin, j'irai là où mon mari choisira d'aller.

— Delhi ! Quelle horreur ! La chaleur y est intolérable en été. Venez chez nous à Almora, si vous en avez assez. La maison est ouverte à tous. Jai et Greta...

Du menton, elle désigna le zoologiste et son épouse, une Danoise aux cheveux blonds. Ils conversaient avec Narayan et le docteur Martin.

— ... Jai et Greta devaient entreprendre cette expédition pour surveiller les tigres. C'est un peu tôt dans la saison pour nous, mais nous leur avons proposé notre villa. Finalement, nous avons décidé de chausser nos grosses bottes et de les accompagner. A la retraite, le meilleur moyen de tuer son ennui est de s'activer sans arrêt.

Selina rit poliment. Le domestique parut avec le café. Il arrivait à point. L'Anglaise oublierait sûrement de réitérer son invitation à Almora... Ayant offert une tasse à tout le monde, elle revint s'asseoir auprès de la jeune fille.

— N'oubliez pas. Le jour où vous voulez vous échapper de la ville, vous venez nous voir à Briar Brae. C'est le nom de la maison. Ecrivez-moi un mot pour me prévenir.

— C'est très gentil, mais...

— Mais l'idée de vous séparer de votre époux vous

fait horreur, c'est cela? Il faudra bien vous y résoudre tôt ou tard.

Mme Martin ne croyait pas si bien dire! Selina était tellement troublée par cette pensée qu'elle renversa son café. Luke se redressa vivement.

— Eh! bien, ma chérie! C'est brûlant!

Elle pâlit. En fouillant dans sa poche, elle y trouva un mouchoir et entreprit d'essuyer la tache sur le pantalon de Luke. Elle s'arrêta brusquement, les mains tremblantes.

— *Liefje?* Que se passe-t-il?

— Ce n'est rien... Je... Oh, Luke, je suis vraiment désolée.

— Mon Dieu! s'écria Mme Martin, navrée.

Elle paraissait perplexe.

— ... C'est ma faute, reprit-elle aussitôt. Je taquinais votre femme, monsieur Van Meer. L'idée d'être séparée de vous, ne serait-ce que quelques jours, l'a bouleversée. Vous avez beaucoup de chance. C'est une jeune femme très sensible. Prenez-en grand soin. Les filles d'aujourd'hui sont en général si indépendantes! Cela change un peu.

Elle ramassa le gobelet de Selina.

— Je vais vous en verser d'autre.

— Non, merci. Ne vous dérangez pas pour moi. Ce n'est pas grave, je vous assure.

Les compliments de Mme Martin l'avaient terriblement gênée. « Cette dame devait la prendre pour une idiote », remarqua-t-elle en baissant les paupières.

Luke la reprit dans ses bras. Mme Martin fit le tour de l'assemblée avec son pot à café. Les conversations avaient repris. Luke pencha la tête vers Selina pour lui murmurer à l'oreille :

— Le sujet devenait un peu délicat, je suppose.

118

Vous l'avez remise à sa place, mais vous m'avez écorché vif !

— Je ne voulais pas...

Cet incident sans gravité l'avait perturbée. Luke avait-il deviné les raisons exactes de son trouble ?

— ... Je me suis un peu énervée, avoua-t-elle, penaude.

— Pauvre, pauvre petite jeune mariée, chuchotat-il, moqueur.

Un long frisson la parcourut. Il lui chatouillait l'oreille ! La main de Luke glissa sous sa veste, et s'attarda sur la courbe de ses hanches. Le cœur de Selina battait sourdement.

Stupéfaite, elle le dévisagea. Toute trace d'humour avait disparu de ses yeux gris. Il avait les lèvres pincées. Selina reprit son souffle et baissa les paupières. Il se détourna légèrement.

— Comment se passe votre expédition ? demandat-il au zoologiste, assis de l'autre côté du cercle.

En proie aux sentiments les plus contradictoires, Selina se concentra résolument sur son mouchoir humide. Elle le remit dans sa poche. Cette soirée tournait à la catastrophe ! Luke jouait admirablement bien son rôle, mais ces quelques secondes avaient suffi pour mettre Selina dans un état d'anxiété et de terreur. Elle se réfugia dans le silence. M#me# Martin lui jeta un coup d'œil curieux à une ou deux reprises, mais la jeune fille feignit d'être vivement intéressée par la conversation.

— ... En 1972, on a estimé qu'il restait à peine mille huit cents tigres sur tout le territoire indien. Cette constatation a vivement inquiété les responsables, et le « Projet Tigre » a été mis sur pied.

— Avez-vous des subventions internationales ? s'enquit Luke.

— Nous n'aurions rien pu faire sans cela. Nous

avons reçu un budget de quarante millions de rou-
pies, étalé sur cinq ans, et une contribution de la
Fondation Mondiale pour la protection de la nature.
Nous avons déjà pu enregistrer un certain progrès,
mais ce n'est pas suffisant. De nombreux changements sont nécessaires. Il faut renforcer la protection
des réserves, engager des inspecteurs... De plus,
nous devons recenser le nombre exact de tigres.

— Comment vous y prenez-vous?

— C'est très difficile. Ils se déplacent seuls ou en
couple et parcourent parfois des kilomètres à la
recherche de leur proie. Nous réagissons à tout
renseignement. On nous avait parlé d'un tigre évoluant dans la région. Nous l'avons retrouvé dans une
grotte à une quarantaine de kilomètres en aval de la
rivière. Un spécimen magnifique. D'après les
empreintes qu'il a laissées, il doit mesurer trois
mètres de long! La nature de son rugissement nous
indique qu'il est à la recherche d'une femelle. Nous
espérons qu'il en trouvera une par ici.

Selina intervint enfin, les joues roses d'excitation.

— Oh, Luke! Sur notre chemin, nous pourrons
peut-être apercevoir...

— Peut-être. Si vous promettez d'être sage.
Narayan, qu'en pensez-vous?

— Nous essaierons, acquiesça-t-il en souriant.

Selina frissonna.

— Et si nous le rencontrions par hasard, en face
de nous?

Le zoologiste éclata de rire.

— Hurlez, ma petite dame, hurlez! Il s'enfuira
aussitôt.

Il leur donna quelques indications à suivre pour
retrouver les traces de pas du félin.

Peu de temps après, Luke fit un petit signe en
direction de Narayan. Il était temps de rentrer. Il

aida Selina à se relever... On se serra la main, on se dit adieu, on échangea des adresses... Fausses, évidemment, en ce qui concernait Luke et Narayan... Selina étouffa une envie irrésistible de rire. Elle était impatiente de s'en aller. Ce petit jeu l'avait mise dans un état d'extrême agitation.

Kunwar revint avec la lampe-tempête. Luke siffla son chien et ils repartirent en direction de leurs tentes. Selina s'éloigna de Luke dès leur départ.

La nuit était si belle ! Elle poussa un profond soupir, enchantée. Les arbres prenaient des formes étranges dans l'obscurité. Les buissons s'accrochaient désespérément aux falaises escarpées. Çà et là, d'énormes rochers, blancs comme l'albâtre, reflétaient les rayons argentés de la lune...

Tout était silencieux, mystérieux... Quelle solitude...

9

Le plus dur était passé... Pourtant, Selina était en proie à une vive agitation. Elle n'arrivait pas à se détendre.

En arrivant devant leur tente, Luke se tourna vers elle, les sourcils froncés.

— Bonne nuit, Selina.

Elle tressaillit. C'était un ordre... Il alluma une cigarette et s'éloigna avec Narayan. C'était inévitable : ils allaient certainement échanger leurs impressions sur leurs hôtes... Selina rangea ses beaux vêtements dans sa valise et se glissa sous ses couvertures.

Elle essaya de s'endormir, mais des pensées tumultueuses se bousculaient dans son esprit. Elle se posait d'innombrables questions sur elle-même, sur Luke, sur son avenir... Elle se remémora divers moments de son enfance, de son adolescence, de ces derniers mois passés en compagnie de Delia et d'Henri. Qu'avait-elle à espérer de la vie, dorénavant ? Elle se sentait si seule...

Luke pénétra sous la tente un long moment plus tard. Sensible à sa présence tout près d'elle, Selina se tourna sur le côté, les yeux résolument fermés. Elle s'efforça de respirer régulièrement. Au loin, une mélodie triste et mélancolique s'éleva dans le silence. Un des hommes jouait de la flûte. Les notes s'égrenaient dans la nuit et résonnaient contre les parois des falaises... Selina enfouit sa tête sous son oreiller en étouffant un sanglot.

— Selina ?

Elle sentit la main de Luke se poser sur son épaule et se tourna vers lui en gémissant. Du bout du doigt, il effleura ses joues brûlantes.

— Etes-vous malade ? Inquiète ?

— Je ne peux pas dormir.

Elle ravala sa salive.

— Je réfléchissais... Ma vie entière est un gâchis ! Ce soir, je ne sais plus comment faire...

Il y eut un court moment de silence. Enfin, Luke prit la parole, d'une voix très douce.

— Nous nous occuperons de tout cela, Selina. Nous arrangerons tout cela entre nous, plus tard. Mais vous m'avez parlé un jour du terrible cauchemar... Celui que vous avez vécu juste avant notre rencontre.

Il chercha la main de la jeune fille et la serra très fort.

— ... Faites-moi confiance, Selina. Expliquez-moi tout.

— C'est drôle... Tout cela me paraît irréel, maintenant. J'ai parfois l'impression qu'il s'agissait de quelqu'un d'autre.

Elle poussa un profond soupir.

— ... Pourtant, j'y repense sans cesse... Vous ne me croirez pas. Personne ne m'a crue.

— Essayez tout de même, insista-t-il.

Elle soupira de nouveau.

— Etant enfant, j'étais si heureuse ! Nous avions une immense propriété, vieille de quatre cents ans, sur la côte sud de l'Angleterre. J'adorais la maison.

Elle est splendide... Maman est morte quand j'avais six ans... Mon père a beaucoup souffert de sa disparition. C'est une nurse qui m'a élevée. Papa m'aimait bien je suppose, mais il ne connaissait rien aux enfants... Je ne sais pas comment il a rencontré Delia... Elle est arrivée en qualité de secrétaire. Elle était chargée de recevoir les relations d'affaires de mon père : il les invitait souvent à venir passer le week-end à la maison avec leurs épouses. Au début, Delia fut charmante avec moi. Elle est jolie, menue... et ressemble un peu à une poupée en porcelaine. J'avais sept ou huit ans. Pourtant, j'ai tout de suite compris que Papa la trouvait... attirante. Quelques mois plus tard, il l'épousait. Tout a changé à partir de ce moment-là...

La voix de Selina mourut.

— Comment cela, *liefje ?*

— Delia était adorable avec moi devant mon père. Mais derrière son dos, elle me harcelait. Je comprends pourquoi, aujourd'hui. Elle était terriblement ambitieuse, et je représentais à ses yeux un obstacle. Elle me frappait, me battait. Un jour, elle m'a fouetté les mollets avec un martinet. Abbey, ma nurse, a menacé de le dire à mon père. Mais Delia était maline. Elle a accusé la nurse de m'avoir maltraitée et l'a fait renvoyer.

Selina secoua la tête.

— ... Après cela, ma vie est devenue un véritable enfer. Delia ne m'a plus jamais battue... Elle avait trouvé d'autres moyens pour me terroriser. Elle m'enfermait pendant des heures dans une pièce au dernier étage car elle savait que j'avais peur des araignées... Elle me privait de repas, me brûlait les bras avec le bout de sa cigarette.

— C'est inconcevable ! s'écria Luke, outré... Et

124

personne n'a jamais rien remarqué ? Votre père était-il complètement aveugle ?

— Je ne peux pas lui en vouloir, Luke. Il s'absentait souvent pour son travail. Petit à petit, Delia avait fait venir tout son personnel. Ses domestiques feignaient de ne rien voir... Ce fut un immense soulagement pour moi, quand elle décida de me mettre en pension. Au collège, j'ai appris à me défendre. Je redoutais les vacances... A l'âge de seize ans, j'étais devenue inapprochable. Je jouais son propre jeu. Je me montrais aimable avec elle devant mon père. Loin de lui, j'étais insolente et mesquine.

Elle cacha sa tête entre ses mains.

— ... Et puis, un jour, Henri est arrivé. C'est le frère de Delia. Papa était très malade. Henri devait se charger de ses affaires... C'était affreux. Dès le début, il m'a harcelée. Il ne cessait de me dévisager, les yeux plissés, menaçants. J'avais peur de rester dans la maison quand il était là ! Un jour, n'y tenant plus, j'ai tout avoué à mon père. Bien sûr, il était trop faible pour réagir. Cependant, il avait dû les soupçonner de vouloir tout lui voler. Après sa mort, il y a eu une scène épouvantable, au moment de la lecture du testament. Delia recevait le minimum auquel elle avait droit en tant que veuve. Le reste me revenait le jour de mon mariage. Si je ne me marie pas, tout sera donné au Trust National.

Elle s'accrocha au bras de Luke.

— ... Depuis ce jour, ils essaient par tous les moyens de mettre la main sur cette fortune. Ils le font d'ailleurs sans aucune subtilité. Pendant un mois ou deux, ils ont été charmants avec moi... Ils me conseillaient de vendre la propriété, de faire construire une demeure dans la baie ou de transformer notre magnifique manoir en hôtel de luxe. Tout

ceci, m'assuraient-ils, était dans mon seul intérêt. Ils
voulaient garantir mon avenir !

Elle se mordit la lèvre.

— ... Je n'étais pas dupe de leur jeu. Je n'ai rien
voulu savoir. Ils ont donc changé de tactique. Ils ont
décidé de m'intimider. Le seul moyen pour eux de
récupérer cette fortune était de me forcer à épouser
Henri... Evidemment, je refusais de m'enfuir lâche-
ment... Ils m'ont privée de sorties... Ils disaient à
tout le monde que j'avais une santé délicate. J'avais
l'impression d'être en prison ! Ils étaient si attention-
nés, si patients avec moi devant les autres... Personne ne pouvait se douter de leurs sombres machinations. Henri était toujours là. Peu à peu, je
faiblissais. J'étais au bord de la dépression nerveuse.
C'est alors qu'il a proposé ce séjour dans une réserve
naturelle... Je pensais que nous serions avec un
groupe. J'ai très vite compris... J'étais de nouveau
enfermée, loin de tout et... Oh, Luke... Je n'en
pouvais plus...

Incapable de poursuivre, elle se mit à sangloter.

Luke s'agenouilla devant elle et la prit dans ses
bras pour la bercer doucement.

— C'est fini, maintenant, Selina. C'est fini. Vous
êtes encore jeune. Vous avez toute la vie devant
vous. Il faut oublier vos souffrances. Je suis désolé de
vous avoir accusée d'être une petite fille riche et
gâtée. Mais je ne pouvais pas comprendre, n'est-ce
pas ?

Enfin calmée, Selina frissonna longuement. Elle
releva la tête.

— V... Vous avez un mouchoir, s'il vous plaît ?

Luke lui en trouva un, et elle put essuyer ses
larmes. Il repoussa une mèche de cheveux tombée
sur son front et l'installa gentiment sur le lit. Puis il
déposa un baiser sur ses lèvres.

Ahurie, Selina le dévisagea. Il sourit.

— Les baisers sont comme les larmes : ils soulagent ! A présent, fermez les yeux et tâchez de dormir.

Quelques secondes plus tard, elle sombrait dans un profond sommeil.

Le lendemain matin, Luke la réveilla bien avant l'aube. Ils entreprirent la longue descente dans la gorge, sous un ciel encore plein d'étoiles.

— Je n'ai aucune envie de revoir ces hurluberlus ! avait-il confié à Selina en l'aidant à enfourcher son poney.

Elle avait le cœur léger, ce matin. Elle s'était débarrassée d'un lourd fardeau pendant la nuit. Luke avait changé d'attitude envers elle. Elle était heureuse d'avoir avoué les raisons de ses angoisses et de ses terreurs... Elle lui était reconnaissante d'avoir cru à son histoire. La journée se passa dans une atmosphère sereine et amicale. Les yeux brillants de bonheur, elle avait retrouvé toutes ses forces. Elle parvint même à rire de sa bévue de la veille avec Mme Martin.

Ils s'arrêtèrent un peu plus tôt que d'habitude. Ayant traversé plusieurs ravins tapissés de forêts denses, ils venaient d'arriver devant une immense prairie verte. Selina laissa son poney devant une touffe d'herbe et revint vers Luke en sautillant.

Une lueur amusée dansa au fond de ses yeux gris.

— Tout feu tout flamme ! J'aime bien vous voir ainsi après une rude marche.

— C'est moins dur, à présent, avoua-t-elle. D'ailleurs, c'est Caramel qui fait tout le travail. Luke... Comment s'appelle cette vallée ?

— C'est la vallée de Parhahpani. Cela signifie eau de la montagne.

Un peu plus bas, la rivière coulait sur son lit de galets. Selina aperçut un pont vétuste, fait de planches de bois. De chaque côté du cours d'eau se trouvaient des champs et des vergers. Au loin, perché sur le haut d'une colline était le village.

Jamais de sa vie Selina n'avait été aussi heureuse ! Elle dévora son repas en compagnie des hommes, tout en contemplant le coucher du soleil. Noirot s'était installé près d'elle, comme à son habitude. Ses compagnons avaient entamé une discussion sur la politique du pays. La jeune fille n'y comprenait rien. Elle s'arma de tout son courage et se pencha vers Luke.

— Luke... Etes-vous réellement le docteur Luke Van Meer ?

Il haussa un sourcil inquisiteur.

— Ce que j'ai dit à nos amis hier soir est la vérité. Je suis pharmacologue.

— Ah.

Elle hésita un bref instant. Aurait-elle l'audace de poursuivre son interrogatoire ?

— ... Vous êtes américain ? Vous avez parfois un accent prononcé.

— Que vous êtes curieuse !

Elle rit.

— Vous savez tout de moi. J'ai envie de vous connaître un peu mieux.

— Je suis très international. Les Van Meer ont immigré vers le nouveau continent. Ils se sont installés avec la colonie hollandaise. Aujourd'hui, c'est New York. Cela se passait au XVIIe siècle. Nous avons procuré des armes aux Iroquois au cours des guerres contre les Algonquins et les Français. Plus tard, nous avons traversé le Saint-Laurent...

Il sourit.

— ... Nous ne sommes pas friands d'arbres généalogiques comme vous, les Anglais. Cependant ma grand-mère chérissait quelques reliques de nos ascen-

128

dants. Je suis né au Canada d'un père mi-hollandais, mi-irlandais et d'une mère écossaise. J'ai fait mes études à Edimbourg. Ensuite, j'ai travaillé à Londres, New York, Rome, Hong Kong et ailleurs...

— Autrement dit, vous êtes un peu comme Noirot... une sorte de bâtard...

— Miss Roxley, vous méritez une bonne fessée ! répliqua-t-il en riant.

— Oh ! Les promesses de ce genre, moi, vous savez...

Elle soutint son regard un instant puis, gênée, détourna la tête. Elle avait les joues brûlantes. Non loin de là, Narayan riait doucement.

Elle entendit le cliquetis du briquet de Luke et sentit un arôme de tabac. Elle avait envie de le regarder de nouveau, mais n'osait pas. Elle fixa résolument la boîte de *paan* de Narayan.

— Quelle est cette feuille, exactement, Narayan ?

— Regardez bien... Voici une feuille de paan. Elle a un goût poivré. J'étale dessus un peu de cette poussière blanche. Je roule la feuille en forme de cône. J'y ajoute une noix d'arec et je mâche. C'est excellent pour la digestion. Je vous en offrirais bien, Miss Roxley, mais vous trouverez certainement le goût trop amer.

A cet instant précis, Noirot se mit à aboyer furieusement. Une silhouette surgit au loin. L'inconnu s'annonça en grimpant la colline. Les deux hommes se levèrent immédiatement. Tous trois se mirent à discuter à voix basse. Manifestement, ce rendez-vous était fixé depuis longtemps.

Enfin Luke et Narayan revinrent s'asseoir devant le feu, munis de plusieurs cartes.

— Il a fait du bon travail, fit remarquer Luke.

— C'est un de mes meilleurs hommes. Ainsi, nous ne nous étions pas trompés. Ils ont passé la frontière

du Népal à Askot. Ils ont traversé la rivière Ram-
ganga.

Narayan retraçait leur route du bout du doigt.

— ... Ils ont bifurqué vers le nord. A présent, ils
se dirigent vers l'ouest du pont de Bageswar... C'est
là que se feront l'échange et le paiement.

Luke se pencha en avant.

— Parfait. Notre plan d'attaque reste le même.
Nous les intercepterons ici. On ne peut pas les
contourner, n'est-ce pas ?

— Non. Il n'y a pas d'autre route entre Bhatgaon
et Bageshwar.

Selina réprima un sursaut de panique. Enfin... Le
mystérieux rendez-vous, le but final de l'expédition... Narayan et Luke semblaient très confiants.
Elle attendit en silence, le chien sur ses genoux. Les
deux hommes bavardèrent encore un peu.

Il était l'heure d'aller se coucher. Cependant,
Noirot paraissait réticent à l'idée de dormir avec
Kunwar Singh, ce soir. Selina le chatouilla derrière
l'oreille tout en demandant à Luke :

— Peut-il rester avec nous ? Il dormira sous le lit.

— Non, Selina. Il sera mieux avec Kunwar Singh.
Il y a plus de léopards que de tigres par ici. Les
léopards se contentent aisément de petites bêtes
comme lui.

Elle frissonna.

— Dans ce cas, pourquoi l'avoir emmené ?

— Je ne risque pas sa peau pour le plaisir de
l'avoir avec moi. Il me sera très utile.

— Utile ?

— Oui. Il a reçu un entraînement spécial. Il me
rend d'énormes services. Je ne le laisserai pas dévo-
rer par les bêtes sauvages. En tout cas, pas maintenant.

Luke se pencha en avant, saisit le chien et le tendit

à Kunwar Singh. Selina soupira. Elle n'en saurait pas davantage ce soir.

Perplexe, vaguement déçue, elle se détourna. Cependant, Luke la saisit par le coude. Ils se tinrent l'un contre l'autre, immobiles dans la nuit. Du bout des doigts, il effleura son visage. Il la relâcha enfin.

— Allez dormir, à présent... Et surtout, ne vous inquiétez pas, *liefje*.

Quelques minutes plus tard, roulée en boule sous ses couvertures, elle eut des pensées confuses au sujet de léopards et de mystérieux rendez-vous. Enfin, elle s'endormit profondément.

Une surprise extraordinaire l'attendait le lendemain... Selina avait été étonnée de constater qu'ils changeaient de direction, mais elle n'avait pas osé en demander l'explication. Le poney marchait à une allure régulière sur le sentier escarpé. Ils se trouvaient dans une forêt de chênes, de sapins et de rhododendrons. Les rayons du soleil filtraient çà et là au travers des feuillages. C'était une matinée paisible.

Le premier signal fut donné par un singe. Luke montra du doigt le *langur* en train de sauter de branche en branche. Selina remarqua sa longue queue... Brusquement, il s'enfuit à toute allure en poussant des hurlements de terreur.

A l'avant de la colonne, Narayan, et deux des hommes s'immobilisèrent. Les mules s'étaient arrêtées instinctivement, leurs pattes avant raidies de peur. Kunwar saisit la bride de Caramel. Mal à l'aise, Selina sentit le poney trembler de tous ses membres. Bientôt, non seulement les singes s'affolaient, mais aussi les oiseaux. Luke aida Selina à descendre de sa monture et l'attira à l'écart du chemin. Elle était paralysée. L'oreille aux aguets, Luke était parfaitement immobile. Noirot gémissait faiblement.

— Là ! s'exclama soudain Luke, en un chuchotement rauque... Sur le rocher...

Elle n'osait pas vraiment regarder, mais son œil fut irrésistiblement attiré vers un amas de pierres, à une cinquantaine de mètres plus haut. A quoi s'était-elle attendue, au juste ? Elle n'en savait rien. Certainement pas à voir ce tigre immense, puissant et fier.

Comme si un signal leur avait été donné, les trois hommes devant se mirent à crier en frappant des mains, les mules donnèrent des coups de pieds dans la terre. Surpris, le tigre grogna. Il s'accroupit, puis d'un bond vertigineux, disparut dans les buissons.

Tremblante, Selina mit sa main devant ses yeux.

— Allons, allons ! lui murmura Luke. Qui voulait voir le grand Sher Bahadur sur son terrain ?

— J... Je sais bien, m... mais pas de cette façon inattendue.

— Tout est arrangé, madame. Il n'y a aucun danger.

Il l'aida à enfourcher son poney.

— ... Ça va aller ? demanda-t-il à Narayan.

L'Indien acquiesça.

— Vous n'avez pas pris de photo, protesta faiblement la jeune fille.

— J'avais d'autres préoccupations. Vous, par exemple.

Elle soutint un bref instant le regard limpide de Luke.

— ... C'était un magnifique mâle, Selina, plein de vigueur et de santé. Ils attaquent rarement, sauf s'ils se sentent cernés, ou s'ils protègent leurs petits. Cependant, parfois, quand ils sont blessés, ou très âgés, ils peuvent s'en prendre aux humains. Pour eux, nous sommes une proie facile. Il faut toujours être très prudent. Vous comprenez ?

Elle hocha la tête.

132

Quand ils s'arrêtèrent pour déjeuner, Narayan la rassura : ils avaient largement dépassé les limites du territoire du tigre. A la tombée de la nuit, elle avait complètement oublié sa terreur. Elle se rappelait uniquement la grâce et la beauté de cet animal.

Cette image s'estompa provisoirement le lendemain, quand elle dut attaquer la plus dangereuse et la plus pénible partie de leur trajet. Ils suivaient un étroit sentier. Ils s'arrêtèrent au bas d'une falaise escarpée. Affolée, Selina contempla le chemin qui grimpait presque perpendiculairement au-dessus de leurs têtes.

Les premiers hommes de la colonne partirent en avant. Avec d'innombrables précautions, ils guidaient leurs mules par intervalles. Selina ferma les yeux. Kunwar menait son poney à la longe. Luke se tenait juste derrière elle. Elle essayait en vain de se convaincre... Non, elle n'avait rien à craindre... Non, il n'y avait aucun danger... Mais Caramel trébucha sur une pierre. Ouvrant les yeux un quart de seconde, elle aperçut le précipice vertigineux sous ses pieds.

— Luke... Je ne pourrai jamais !

— Si ! rétorqua-t-il, exaspéré.

De nouveau, elle ferma les yeux.

Ils avaient atteint un palier de pierres plates de trois mètres de large. Ils s'arrêtèrent. Lentement, Luke contourna Caramel, aida Selina à descendre de sa monture et la ramena derrière l'animal.

— Accrochez-vous à cela et tenez bon, ordonnat-il ! en lui montrant la queue du poney... Tenez-vous bien, Selina, et laissez-vous entraîner. Je suis derrière vous.

De cette manière, leur ascension arriva à son terme en un temps étonnamment court. De temps en temps, Luke l'encourageait.

— Encore un peu, Selina! Un tout petit effort, nous y sommes presque!

Elle pensait tellement à ses pieds et à la queue de Caramel qu'elle en oublia toutes ses craintes. Enfin, elle put lâcher prise. Les genoux tremblants, elle s'effondra dans les bras de Luke.

Il la serra contre lui en caressant son front d'une main réconfortante. Quand elle fut enfin calmée, il la repoussa doucement et déposa un baiser sur ses lèvres.

— Tout va bien, *liefje*. Vous avez été très courageuse. C'est fini, ma chérie.

Selina s'accrochait à lui. Une vague d'émotions s'empara de tout son être. Elle ne pouvait se retenir plus longtemps :

— Luke... Je... Je vous aime. Je vous aime! Je ferais n'importe quoi pour vous faire plaisir...

Leurs regards se croisèrent, intenses et passionnés. Mais brusquement, il se raidit. Il la tenait avec tant de force qu'elle émit un gémissement de douleur. Il la repoussa d'un geste brutal.

— N'importe quoi? railla-t-il. Je peux me passer de ce genre d'offre.

C'en était trop! Selina tourna les talons et se dirigea au pas de charge vers Kunwar Singh, qui se tenait discrètement à l'écart avec le poney. Selina cherchait désespérément à conserver une attitude digne. Ravalant ses larmes, elle caressa le museau de Caramel. Quelle humiliation! Même Henri avait évité de lui infliger ce genre de rebuffade. Obéissant à une soudaine impulsion, elle enfourcha le poney, lui donna un grand coup de talons dans le flanc et partit au trot. Elle ne daigna pas jeter un regard sur Luke et son serviteur.

Elle avait mal. Elle avait reçu une flèche en plein cœur. Jamais cette blessure ne se cicatriserait! Un mur infranchissable les séparait... Ce soir-là, Luke pénétra sous la tente, rassembla son duvet et son sac à dos, puis s'installa avec les autres hommes pour la nuit. Etait-elle folle de s'être ainsi offerte à lui ?

Non, elle n'était pas folle, simplement jeune et sans expérience. Elle avait mal interprété l'attitude affectueuse et protectrice de Luke... L'ironie du sort ! Elle avait tout fait pour échapper aux griffes d'Henri qui la désirait depuis le premier jour. A présent, elle découvrait soudain son amour pour Luke... Mais il ne voulait pas d'elle.

Si seulement elle avait pu lui parler ce soir ! Malheureusement, elle avait dû se contenter d'échanger des banalités avec Kunwar Singh. Apparemment, il avait été nommé responsable de son bien-être à la place de son maître. Paternel et attentif à tous ses désirs, le vieux serviteur ne parvint pas à la consoler. Selina avait l'impression d'avoir laissé tomber une partie de son âme par dessus la falaise.

Pendant le repas, l'atmosphère avait été tendue. Narayan et Luke étaient silencieux. Ils semblaient préoccupés. Tout de suite après le dessert, ils avaient disparu sous la tente de Narayan. Ils furent bientôt rejoints par leurs compagnons de route. Selina entendit le murmure de leur discussion une grande partie de la nuit.

Elle n'y prêta aucune attention. Plus rien n'avait d'importance.

10

Le lendemain matin, tout avait changé... Selina émergea de sa tente, mais n'aperçut ni Luke ni Narayan. Les autres hommes accomplissaient les tâches quotidiennes, mais une atmosphère étrange et pesante régnait. Selina se sentit vaguement mal à l'aise.

Très pâle, ses grands yeux violets soulignés de cernes, elle s'assit devant le feu pour boire son thé. Kunwar le lui avait préparé, puis s'était éloigné pour surveiller le chargement des mules. Noirot se tenait à ses pieds. De temps en temps, il gémissait. Comprenait-il son désarroi ?

— Où... Où est le *sahib* ? s'enquit-elle enfin.

— Ils sont partis très tôt, expliqua le vieux serviteur. Mais ne vous inquiétez pas. Ils reviendront vite.

Elle versa le reste du liquide dans la gamelle du chien. Kunwar lui demanda si elle voulait prendre son petit déjeuner tout de suite. Elle le remercia poliment, mais refusa. La pensée de manger lui donnait la nausée. Mécontent, Kunwar claqua la langue, mais il ne put la convaincre.

Elle se réfugia derrière des buissons pour se préparer. Pendant ce temps, Kunwar Singh ordonna aux hommes de démonter les tentes. Rafraîchie, habillée, elle arpenta la clairière de long en large. Comment pouvait-elle s'occuper ? Elle était inquiète. Brusquement, elle releva la tête... Le guide et son compagnon avaient disparu, eux aussi. Que se passait-il ? Qui donnerait l'ordre de poursuivre ? Combien de temps tout cela durerait-il ? Noirot l'irritait ce matin. Il ne la quittait pas d'une semelle.

Tout était rangé. Pourtant, Kunwar n'avait pas fixé la selle de Caramel. Il emmenait le poney à l'écart avec les mules. Il se dirigeait de l'autre côté de la colline, en marge du sentier.

— Arrêtez ! s'écria-t-elle. Où les emmenez-vous ?

— Ne vous inquiétez pas, répondit-il. Le *sahib* a donné les ordres. J'emmène aussi la *memsahib*. Nous nous installons ailleurs.

— Mais pourquoi avoir écarté les bêtes ? Où est ce nouveau site ?

— Nous irons à pied. Ce n'est pas loin. Nous y serons plus en sécurité. Vous êtes prête ?

— Non !

Elle se mordit la lèvre.

— ... Oh !... Je n'en sais rien !

Elle passa une main dans ses cheveux.

— ... Pourquoi ne m'a-t-il pas laissé un message ? demanda-t-elle.

Voilà ! Luke l'avait abandonnée ! Ils étaient partis seuls à leur rendez-vous secret. Où ? Comment ? Ils l'avaient laissée là avec les bagages...

Comme pour confirmer ses appréhensions, Kunwar Singh ajouta :

— Les deux *sahibs* ont beaucoup d'affaires à régler. Le docteur ne voulait pas vous déranger. Vous dormiez encore. Mais il m'a ordonné de veiller sur vous. C'est un grand honneur.

Selina ferma les yeux un bref instant. Elle prit une

longue inspiration. Elle n'avait pas le choix. Elle devait l'accompagner...

— Très bien, soupira-t-elle.

Elle lui emboîta le pas.

Le terrain était très accidenté. Selina prit le chien dans ses bras. Les mules s'étaient frayé un petit chemin entre les buissons. Kunwar fit une entaille sur quelques troncs d'arbres pour signaler leur passage. Selina le suivit tant bien que mal. Au bout de dix minutes, elle était épuisée, essoufflée.

A bout de forces, elle s'apprêtait à demander à Kunwar quelques instants de répit. Au même moment, ils arrivèrent dans une clairière. Un ruisseau coulait au bas de la pente. Selina retrouva un peu de courage. Les tentes avaient été remontées. Caramel et les deux mules paissaient paisiblement. Cependant, les craintes de la jeune fille resurgirent aussitôt... De l'autre côté du cours d'eau, un groupe de six hommes environ était installé autour d'un feu. Vêtus de haillons, accroupis à l'ombre des arbres, ils tenaient à la main de gros gourdins. Elle frémit. Tous les visages s'étaient tournés vers elle... Ils ressemblaient étrangement à des bandits de grand chemin...

Noirot se débattit farouchement. Réussissant à s'échapper, il descendit jusqu'au bord du ruisseau pour aboyer dans leur direction. Affolée, Selina se tourna vers le vieux serviteur... Comment pouvait-il la protéger de ces sinistres individus ? Mais... Peut-être l'avait-il tout simplement jetée dans un piège...

Kunwar s'empressa de la rassurer.

— Il n'y a rien à craindre, affirma-t-il. Non... Rien à craindre. Ce sont les hommes de Narayan. Reposez-vous. Je vais vous préparer une boisson fraîche.

Il descendit rappeler le chien et adressa quelques mots aux inconnus... Selina trouva le courage de se tourner vers eux. Tous la dévisageaient en souriant.

Elle n'était pourtant pas tout à fait rassurée et décida de s'installer à un endroit d'où elle pourrait les surveiller du coin de l'œil.

Elle avala d'un seul coup son jus de fruits, mais refusa de manger. Découragé, l'Indien balaya l'air d'un grand geste de la main en levant les yeux au ciel.

— *Thoba-thoba*! Luke! le *sahib* me punira. Il va me renvoyer!

Luke n'en saurait rien. D'ailleurs, y attacherait-il une quelconque importance s'il l'apprenait? Selina en doutait.

— Pourquoi nous sommes-nous rapprochés de ces hommes?

Kunwar ne répondit pas tout de suite. Enfin, comprenant les inquiétudes de la jeune fille, il lui expliqua:

— Cette clairière est bien cachée. Elle est loin de la route et du repère du Bhutia. Nous pouvons faire du bruit. Ils ne nous entendront pas. Ces hommes sont venus en renfort, par l'autre côté. Aux yeux des autres, ce sont simplement des hommes de la montagne, en expédition. Mais les *sahibs* vont avoir besoin d'eux.

Selina frémit intérieurement. Luke et Narayan étaient-ils en danger?

— Que signifie *Bhutia*?

— Ce sont des hommes de la province de Bhuta. Comment expliquer à la *memsahib*...

Il se frotta le menton, songeur.

— ... Cet homme est commerçant... Il échange du sel, de la farine... et d'autres denrées. Ils s'installe toujours au même endroit. Les voyageurs s'arrêtent pour acheter des vivres. Plusieurs bandits s'y trouvent en ce moment, conclut-il en secouant la tête.

A court de mots, elle acquiesça. Des pensées contradictoires se bousculaient dans son esprit. Deux faits lui paraissaient clairs : d'une part, il y aurait une confrontation entre Luke, Narayan et les « bandits ». D'autre part, on avait appelé des renforts : ce serait donc une attaque surprise, car ces hommes étaient arrivés par une autre route.

Tout se passerait sans doute très rapidement... D'un instant à l'autre...

Où se trouvait Luke en ce moment ? Il établissait son plan d'attaque. Jamais de sa vie Selina n'avait été confrontée à ce genre de situation. Un groupe d'hommes allait se battre contre un autre groupe d'hommes. Ils étaient armés.

Un long frisson la parcourut. Les bras serrés sur sa poitrine, Selina se leva pour arpenter la clairière. Elle avait une seule consolation : Kunwar lui avait assuré que Luke repasserait... ils se reverraient donc. Les heures se succédaient, interminables...

Puis, subitement, il fut devant elle. Noirot se précipita aussitôt vers son maître. Luke était arrivé sans un bruit. Il avait émergé de la forêt avec la grâce féline d'un tigre... Selina se leva lentement de la caisse sur laquelle elle avait fini par s'installer et lui fit face, le cœur battant. Elle avait envie de se jeter dans ses bras... Ses jambes refusaient obstinément de lui obéir. Une main devant sa bouche, elle le dévisagea.

Luke s'approcha d'elle en quelques enjambées.

— Selina ? grommela-t-il. Que se passe-t-il ? Etes-vous malade ?

Non... C'était beaucoup plus compliqué que cela. Elle se débattait farouchement contre une vague de sentiments contradictoires... le soulagement, l'angoisse et... l'amour...

— P... Pourquoi m'infliger tout ceci ? demanda-t-elle enfin.

— Je ne comprends pas ce qui me vaut un accueil si peu chaleureux.

— Vous allez affronter un grand danger... peut-être allez-vous perdre la vie...

Une lueur menaçante dansa au fond des yeux gris.

— Je dois le faire. Je n'ai pas le choix. Vous savez depuis le premier jour que j'ai une mission délicate à accomplir. Voilà. C'est le moment.

— Mais quoi ? Quoi ?

Selina avait haussé le ton, incapable de contenir plus longtemps sa fureur.

— ... Je voudrais tellement comprendre ! Pourquoi tous ces secrets ? Pourquoi ?

D'un geste brutal, Luke la saisit par le poignet et la poussa vers leur tente.

— Ne me faites pas une scène, Selina. Cela ne servirait à rien. Entrez.

Il referma le pan de toile derrière eux. La jeune fille se laissa tomber sur son petit lit de camp en frottant son bras. Luke était redevenu l'étranger des premiers jours... froid, arrogant et autoritaire.

— ... Ecoutez-moi bien. Je peux tout vous dévoiler aujourd'hui.

Il s'assit en tailleur.

— ... Je suis un agent spécial. Je travaille pour un bureau international chargé d'arrêter les trafiquants de drogue. Est-ce clair ?

Elle prit une longue inspiration.

— La drogue... ?

Elle arrondit les yeux de surprise.

— Oui. La drogue, Selina.

— Ici ?

Elle n'en croyait pas ses oreilles...

— ... Dans cette région isolée ? Que pourraient-ils en faire ?

Luke ricana.

— Ils imaginent les moyens les plus extravagants pour faire parvenir leur marchandise à destination. C'est une véritable industrie, ils brassent des millions de dollars.

Il vint s'asseoir près d'elle et posa une main réconfortante sur la sienne.

— ... Avez-vous déjà entendu parler du triangle d'or ?

Elle secoua la tête.

— ... C'est une région perdue dans les collines, comprise entre les frontières de la Birmanie et de la Thaïlande. Des centaines de paysans dans la misère y cultivent des hectares de pavot. Ils produisent plusieurs tonnes d'opium pur par an. Mais l'endroit est tellement isolé qu'il est impossible de contrôler leurs activités. Les trafiquants sont pour la plupart des brigands, ou des membres d'armées de guérillas. Ils font transporter les plantes dans des raffineries secrètes, où l'on fabrique de la morphine et l'un de ses dérivatifs... l'héroïne. Cette drogue fait des ravages.

Selina sentait monter en elle une colère incontrôlable.

— ... Ensuite, les syndicats du crime prennent la relève. Les petits groupes de gangsters et les gros vendeurs s'arrangent pour faire parvenir ce poison dans tous les pays du monde. La marchandise arrive enfin entre les mains de pauvres bougres désespérés qui sont prêts à payer une fortune pour pallier leur manque. A ce moment-là, le produit a déjà été retransformé... Quand je pense à l'argent dont on pourrait disposer chaque année pour combattre la misère, la famine et la maladie ! Au lieu de cela, ces millions de dollars passent entre les mains de ces...

Sa voix mourut sur ses lèvres. Il avait saisi le bras de Selina et le serrait de toutes ses forces... Il allait la briser en mille morceaux ! Elle demeura parfaitement immobile, malgré la douleur…

— Mais cette mission… Comment avez-vous su ce qui se passait par ici ?

— Par le bureau des narcotiques.

Il la relâcha enfin.

— … Nous arrêtons des pourvoyeurs, nous découvrons leurs méthodes, nous barrons leurs routes. Chaque fois, ils recrutent de nouveaux hommes et trouvent d'autres moyens d'acheminer la marchandise. Nous n'arrivons pas toujours à les cerner. Cependant les polices européennes, asiatiques et américaines se sont regroupées pour surveiller les machinations de ces bandits. Il ne s'agit pas uniquement d'arrêter ces individus… Ce qui compte surtout, c'est de sauver des vies humaines.

Selina le dévisagea longuement. Luke regardait droit devant lui, sans voir. Dehors, Narayan donnait les dernières instructions à ses hommes. La nuit tombait…

— J'ai rencontré Narayan et un officier de police népalais, Bala Sen, il y a déjà longtemps. C'était au cours d'une conférence mondiale de la police à Chiang Mai, en Thaïlande.

Luke se tourna vers sa compagne.

— … Il y a deux ans, Bala Sen a découvert le manège d'un de ces groupes de trafiquants au Népal. Ayant rassemblé une quantité suffisante de drogue, ils l'expédiaient vers l'Inde à dos de mules, en passant par les sentiers mal connus de l'Himalaya. Puis ils traversaient la frontière afghane, où ils avaient des distributeurs. Nous n'avions aucun espoir de les surprendre une fois que les lots étaient divisés. Il fallait donc les devancer sur la route. Il nous a fallu des mois de vérifications, Selina. Nous avons dû penser aux moindres détails. Notre mission s'arrête ici. Ce soir.

Selina caressa la main de Luke du bout du doigt.

— Ainsi, en m'imposant au dernier moment, j'ai failli tout faire rater. Oh, Luke... Je suis désolée. Je ne pensais qu'à moi. Si seulement j'avais su... murmura-t-elle en étouffant un sanglot.

— Vous ne pouviez pas deviner. Nous aurions pu vous renvoyer directement en Angleterre. Malheureusement, Spencer avait déjà fait publier l'annonce de votre disparition dans tous les journaux. C'était pour nous une grave décision.

Il pinça les lèvres.

— ... Nous vous avons entraînée malgré vous dans une aventure dangereuse et pénible, Selina. Mais vous avez réagi avec beaucoup de courage et de volonté. Ces trafiquants sont terribles, vous savez. Ils n'hésiteraient pas à tuer ou à torturer leurs victimes. Si vous étiez tombée entre leurs mains... Mon Dieu...

Il se tut brusquement.

Le soleil s'était couché. Les ombres étaient menaçantes. Selina ne put réprimer un frémissement de peur. Au fond, elle était contente de n'avoir rien su plus tôt... Il lui aurait été impossible de dormir en paix...

Luke l'attira dans ses bras.

— J'ai déjà perdu une personne très chère à cause d'eux. Je n'ai pas l'intention de vous laisser à leur merci.

Elle avança le menton.

« Je n'ai pas l'intention de vous laisser à leur merci... » Il tenait donc à elle... Elle respira profondément et le regarda droit dans les yeux.

— Qui ? Qui avez-vous perdu, Luke ?

Il poussa un profond soupir.

— Ma sœur, Anna. Elle avait dix-huit ans et ne

pouvait plus se passer d'héroïne. Elle a voulu se faire désintoxiquer, mais n'en a pas eu la force. Elle est morte d'une « overdose ».

Un silence pesant les enveloppa. Puis il reprit la parole, à voix basse.

— A cause de cela, j'ai décidé d'abandonner mon métier de pharmacologue. Je ne pouvais plus donner des conférences à mes étudiants dans ces laboratoires immaculés. Je suis devenu détective.

Il s'éloigna brusquement de la jeune fille.

— ... Voilà pourquoi je ne supporte pas de vous entendre parler de suicide.

En un quart de seconde, Selina se revit aux côtés de Luke dans la petite voiture... Ce jour-là, terrorisée à l'idée de devoir retrouver Delia et Henri, elle avait déclaré préférer la mort. Ivre de rage, Luke lui avait ordonné de se taire... Selina comprenait tout à présent... Les sautes d'humeur imprévisibles de Luke, sa façon de la protéger... Les incidents les plus anodins prenaient à ses yeux une nouvelle signification. Elle sentit son cœur se gonfler d'amour.

Incapable de contenir plus longtemps son émotion, elle se jeta vers lui et accrocha ses bras autour de son cou.

— Oh, Luke... Pardon, pardon... chuchota-t-elle. Je suis désolée.

— Désolée de m'avoir rencontré ? railla-t-il, tendrement. Ça ne m'étonne pas !

— Non ! Non, ce n'est pas cela ! Ne vous moquez pas de moi, Luke. Je ne pourrais pas le supporter maintenant...

Elle leva les yeux vers lui et, avec un gémissement étouffé, posa ses lèvres sur celles de Luke.

Il se raidit un bref instant. Puis, tout d'un coup, il se détendit. Prisonnière de ses bras, Selina succomba sans la moindre résistance à son baiser ardent... Ils étaient seuls au monde...

Narayan avait appelé Luke à deux reprises. Ils ne l'entendirent que la troisième fois. Luke la repoussa très doucement, se leva et sortit. Selina lui emboîta le pas. Dehors, il faisait noir. Tout était calme, étrangement silencieux.

— Luke... Ne partez pas... Ne me laissez pas, je vous en supplie !

Il la repoussa d'un geste brutal et se précipita vers le ruisseau pour s'asperger d'eau glacée. Selina distinguait à peine les silhouettes des hommes qui attendaient, sous des arbres. Les feux de camp avaient été éteints. Une seule lampe-tempête était allumée. Dans cette lueur faible et vacillante, elle vit Narayan présenter à son collègue un fusil...

Elle s'immobilisa, stupéfaite... Le cauchemar n'était pas encore terminé...

Brusquement, elle se mit à courir vers Luke. Le visage impassible, les yeux brillants, menaçants, il se tourna vers elle.

— Un jour, vous avez dit que vous feriez n'importe quoi pour moi. C'est le moment, déclara-t-il d'un ton sans réplique. Restez sous la tente, quoi qu'il arrive. Ne bougez pas. Vous ne devez vous montrer sous aucun prétexte, à moins d'entendre ma voix ou celle de Narayan. Avez-vous bien compris ?

Les yeux grands ouverts, la jeune fille contemplait l'arme de Luke.

— ... Selina ! Avez-vous entendu ? Kunwar Singh et le guide vont rester avec vous. Ils feront le guet. Je leur ai donné l'ordre de vous surveiller.

— Je vais m'occuper de Noirot, proposa-t-elle.

Un des hommes venait de prendre le chien dans ses bras et s'apprêtait à traverser le ruisseau.

146

— ... Il peut rester avec moi. Je saurai le tenir tranquille.

— Non. Il doit nous accompagner. Les trafiquants se croient malins et inventent toujours des cachettes incroyables pour receler leur marchandise. Noirot a reçu un entraînement spécial. Il sait reconnaître la drogue. S'il est avec nous, ces bandits n'auront aucune chance de s'enfuir.

Il leva la main, comme pour lui caresser la joue, puis la laissa retomber.

— A présent, nous devons partir. Nous voulons arriver au lieu prévu avant le lever de la lune. Abritez-vous sous la tente, Selina. Tâchez de dormir un peu.

Il adressa un dernier mot à Kunwar Singh et au guide de l'expédition puis, sans se retourner, partit rejoindre ses hommes. Silencieuse, immobile, elle vit les silhouettes sombres disparaître les unes après les autres dans la forêt.

Combien de temps demeura-t-elle ainsi, le regard dans le vide ? Elle ne le saurait jamais. Il faisait très froid. Brusquement, elle sursauta. Qui l'avait touchée à l'épaule ? Le cœur battant, elle fit volte-face... C'était le vieux serviteur, qui lui apportait une couverture.

— Nous n'avons pas le droit d'allumer le feu. Il ne fait pas chaud. Malheureusement, je ne peux même pas préparer le repas de la *memsahib*, expliqua-t-il, confus. La *memsahib* doit aller se reposer, maintenant.

— Ce n'est rien, Kunwar. Ne vous inquiétez pas pour moi.

Avec d'infinies précautions, elle alla rincer son visage dans l'eau du ruisseau. Puis elle alla s'allonger sur son petit lit de camp.

Ce fut la plus longue nuit de toute sa vie. Les

heures se succédaient avec une lenteur désespérante. Seuls quelques sons étouffés lui parvenaient... Les murmures épisodiques des deux hommes gardant sa tente, le bruissement d'une feuille sous le pied de Caramel, les chuchotements des oiseaux nocturnes.

Selina était transie, pourtant ses mains étaient moites de transpiration. Le ululement d'une chouette la fit se lever d'un bond... Selina vacilla, en proie au vertige. Elle était ivre de fatigue et d'angoisse. Enfin, Selina put se résoudre à se coucher. Roulée en boule sous sa couverture, elle fit une prière silencieuse avant de sombrer dans un sommeil peuplé de cauchemars.

*
* *

Un rayon de soleil filtrait au travers de la toile de tente. Selina se réveilla brusquement et se redressa. Kunwar s'était installé devant le feu. La bouilloire fumait sur le réchaud à gaz. Un peu plus loin, Noirot gambadait autour d'un arbre...

Luke... Luke !

D'un geste vif, la jeune fille repoussa ses couvertures et chercha ses sandales.

Elle faillit trébucher sur lui dans sa hâte... Il dormait à quelques pas de la tente... Immensément soulagée, elle porta une main à son cœur et se laissa tomber à genoux devant lui. Deux grosses larmes de joie roulèrent sur ses joues. Il ouvrit un œil, puis l'autre. Soudain, elle fut dans ses bras en poussant un profond soupir.

— Oh, Luke... C'est fini... Et vous êtes revenu, vivant !

— Mmm...

Il bâilla.

— ... Je n'ai pas une seule égratignure !

148

— Dieu merci !

Elle enfouit sa tête au creux de l'épaule de Luke. Il lui fallut de longues minutes pour retrouver son calme. Rassérénée, elle put enfin lui demander comment s'était terminée leur aventure.

— Tout s'est bien passé. Nous les avons surpris comme prévu, en flagrant délit... Ils avaient eu tellement de facilité à acheminer leur marchandise depuis quelque temps qu'ils ne se méfiaient plus. Ces hommes sont trop malins pour se droguer eux-mêmes, mais ils avaient un peu bu. Même les gardes dormaient... Il nous a fallu dix minutes, deux ou trois fractures, une ou deux bosses...

Selina frémit.

— N'ayez aucune crainte. Tous sont vivants. Ils pourront voyager et seront présents à leur procès.

— Où sont-ils en ce moment ?

— Ils sont bien gardés... Les courtiers qui les attendaient pour transporter la marchandise jusqu'à Bagethwar attendront quelques heures, puis comprendront... Ils ne repasseront plus par cette route. Bala Sen fera arrêter les instigateurs de cette affaire au Népal le plus tôt possible. Les prisonniers ne tarderont pas à donner leurs noms.

— M. Narayan a été blessé ?

— Non. Mais il est resté là-bas. Nous sommes en territoire indien. Cela concerne Narayan. Il a le droit de les tenir en garde à vue. Apparemment, c'est un grand succès qu'il mérite tout à fait.

— Apparemment ? N'en êtes-vous pas certain ?

— Pas tout à fait. Tout ce que nous avons trouvé dans les paquets, ce sont des amas de tissus. Nous étions plutôt déçus. Cependant, le chien n'a pas cessé de tourner autour des étoffes. Il a un odorat très sensible. Je crois que nous pouvons lui faire confiance. C'est là que mon ancien métier de pharmacologue m'a rendu service. Une pensée m'a subitement traversé l'esprit : ils ont sans doute réduit la drogue en une sorte de pâte pour en imprégner les chiffons. Nous saurons combien d'héroïne ils transportaient quand ils auront réussi à l'extraire.

— C'est incroyable ! Ce sont de véritables artistes !

— En effet, ils sont très malins... Rusés...

Luke s'étira longuement. Le cœur de la jeune fille battait à tout rompre... Il paraissait très détendu... C'était le moment où jamais de parler...

— Et... Et maintenant ? Que va-t-il se passer ?

— Pour commencer, il faudra emmener les prisonniers et leur chargement à Ranikhet, d'où nous organiserons leur départ pour Delhi. Ensuite, nous nous occuperons de Spencer, s'il est toujours là, et nous vous mettrons dans un avion pour Londres. J'ai des amis là-bas. Lui est un excellent avocat. Il vous aidera à régler vos problèmes.

— Non !

Elle se redressa brusquement, la gorge sèche.

— ... Je veux rester avec vous, Luke.

— Il n'en est pas question.

— Pourquoi ?

— Vous êtes beaucoup trop jeune pour vous attacher à un homme comme moi. Vous croyez être amoureuse de moi pour l'instant. Mais cela ne durerait pas, Selina. C'est une simple réaction à ce que vous avez vécu jusqu'ici. Vous avez cherché en moi l'affection dont vous avez toujours été privée.

Atterrée, elle demeura un instant silencieuse.

— Alors pourquoi m'avez-vous embrassée de cette façon, hier soir ?

— Selina, pour l'amour du ciel ! Connaissez-vous si mal les hommes ?

Il se frotta les yeux du revers de la main.

— ... A votre avis, quel peut-être le comporte-

150

ment d'un homme obligé de vivre vingt-quatre heures sur vingt-quatre avec une ravissante jeune fille comme vous ? Je ne suis pas un saint ! J'ai su me maîtriser un certain temps. Hier soir, tout était différent.

— Ah… C'était donc cela… Vous pourrez avancer ce que vous voudrez, Luke. Pour moi, tout ceci a une grande importance, déclara-t-elle, le visage grave. Je vous aime. Je vous aimerai toujours. Vous comprenez… Je sais ce que je souhaite, à présent. Cela peut vous paraître étonnant pour une fille de mon âge, mais j'ai passé tant d'années à apprendre ce dont je ne voulais pas. J'ai besoin d'un homme comme vous. Vous pourrez être à la fois un amant merveilleux et un ami précieux. Vous avez voyagé partout dans le monde, vous avez connu toutes sortes de femmes…

Elle détourna la tête.

— … Si je ne vous plais pas, je… je suis désolée de vous avoir mis dans cette situation embarrassante.

— Cela ne marcherait pas, Selina ! Vous ne pourrez pas supporter la vie que je mène. Il faut sans cesse déménager, vivre au jour le jour. Sans compter les risques. Si vous étiez mon épouse, vous seriez une cible idéale pour mes ennemis.

Il s'assit.

— … N'y comptez pas, Selina. La réponse est non. Et surtout, n'essayez pas de me convaincre d'abandonner ce métier. Je ne suis pas fait pour diriger une propriété dans la campagne anglaise !

Les yeux brillants de larmes, elle se pencha vers lui.

— Je ne vous ai jamais demandé de faire ce sacrifice.

Il la regarda intensément.

— Selina, vous êtes en train de me torturer…

Elle sourit.

— Hier soir, quand vous m'avez embrassée...

— Oui, petite sotte ! Impudente, folle...

Il l'attira brusquement contre lui pour l'étreindre avec ferveur. Quelques minutes plus tard, elle sentit un museau humide dans sa nuque et se raidit. Luke releva la tête en riant.

— Noirot, va-t'en ! Tu es trop curieux !

Selina éclata d'un rire cristallin. Luke la dévisagea, radieux.

— Très bien, *liefje*. Vous avez gagné. Je ne peux rien contre vous. Je vous propose un compromis. J'ai abandonné mon laboratoire pour ma sœur. Je suis prêt à y retourner pour mon épouse. Nous pouvons toujours essayer.

— Et moi, j'abandonnerai ma propriété à la campagne pour mon mari.

Il haussa un sourcil inquisiteur.

— ... Rassurez-vous, je ne la céderai ni à Delia ni à son frère. Votre ami avocat m'aidera à résoudre ce problème... Luke... Que signifie *liefje* ? Je me suis souvent posé la question.

— C'est un mot hollandais. Cela veut dire « chérie ». Etes-vous satisfaite ?

— Oui.

— Mon Dieu ! Quelle heure est-il ? Les hommes de Narayan doivent être prêts à partir ! Nous avons une heure pour nous en aller d'ici.

Il se leva d'un bond et appela Kunwar Singh.

Pendant qu'ils prenaient leur petit déjeuner, les hommes rangèrent tout leur équipement. Luke expliqua à la jeune fille qu'il irait demander conseil à un haut fonctionnaire de Delhi...

— Vous serez majeure, n'est-ce pas ?

— Euh... C'est incroyable, je n'ai plus aucune notion des dates ! Mais vous avez raison, je crois...

— Parfait. J'essaierai de les persuader de vous

152

abriter quelques jours. Pendant ce temps, je m'occuperai du mariage... Vous aurez besoin de quelques vêtements...

— Je ne serai pas la seule !

— Je ne dois pas être très beau ce matin. Tant pis. Dès que nous aurons retrouvé un aspect présentable, je vous ramène en Angleterre. Nous irons rendre visite à votre belle-mère et à son frère. Ils n'en croiront pas leurs yeux ! Ce sera amusant, vous ne croyez pas ?

Redevenant sérieux, il ajouta :

— Allons-y ! Il ne faut pas faire attendre Narayan.

— Luke... Pourrions-nous retourner dans cette merveilleuse vallée de l'éléphant ? Une journée seulement ? C'était si beau, si paisible. J'étais très heureuse, ce jour-là et je ne pourrai peut-être plus jamais...

Il plissa les yeux, moqueur.

Vous aurez le courage de retraverser le territoire du tigre ?

Elle haussa les épaules.

— Bien sûr.

— Parfait. Cette fois, nous ne serons pas obligés d'emprunter les raccourcis dangereux. Narayan sera sûrement enchanté de se passer de mes services pendant quelques jours. Nous le retrouverons à Ranikhet.

Folle de joie, Selina se jeta dans ses bras.

LE CANCER

(21 juin-22 juillet)

Signe d'Eau dominé par la Lune : Émotions.

Pierre : Pierre de Lune.
Métal : Argent.
Mot clé : Rêve.
Caractéristique : Double vue.

Qualités : Sensibilité, dons artistiques, aime la nuit. Idéaliste et romantique.

Il lui dira : « Je crois, j'espère, je vous adore. »

LE CANCER

(21 juin-22 juillet)

Intuitive et tendre, Séléna est comme toutes les natives du Cancer : féminine et « femme-enfant ».

Elle sait ce qu'elle veut mais le cache souvent sous une apparence vulnérable, hésitante qui donne à son compagnon l'envie de lui prendre la main pour la guider.

Les voiles, les tuniques, les robes flottantes, le crêpe de Chine et la mousseline lui vont à ravir.

Laissez-vous séduire...

HARLEQUIN SEDUCTION

Tout ce que vous attendez d'une grande histoire d'amour!

Excitant... l'action vous tient en haleine jusqu'à la dernière page!

Exotique... l'histoire se déroule dans des pays merveilleux aux charmes innombrables!

Sensuel... l'amour est passionné, le désir incontrôlable!

Moderne... l'héroïne est une femme épanouie, qui a de la personnalité!

Dès maintenant...
2 romans Harlequin Séduction chaque mois.

Ne les manquez pas!

Chez votre dépositaire ou par abonnement.
Ecrivez au
Service des livres Harlequin
649 Ontario Street
Stratford, Ontario N5A 6W2

Harlequin est magicien!

Sortilèges
du roman d'amour...

Harlequin sait lire dans
le secret de votre cœur. Sa tendre
voix vous conte de belles histoires qui
teintent de bleu le ciel gris ... vous aide
à oublier soucis et chagrins ...
vous transporte dans
un monde nouveau.

Collection Harlequin

Tout un monde d'évasion!

Collection ✦ Harlequin

**Laissez votre ami HARLEQUIN
vous créer un monde nouveau...**

**Confiez-lui le soin
de votre évasion!**

Laissez votre ami Harlequin vous parler
d'amour...de cet amour qui
rend toutes choses plus belles!
HARLEQUIN vous parle à cœur ouvert...
Faites-lui confiance!

Collection Harlequin

Commandez les titres que vous n'avez pas eu l'occasion de lire...

Dans chaque roman HARLEQUIN, une belle histoire d'amour...

Confiez-nous le soin de votre évasion!
Postez-nous vite ce coupon-réponse.